ダンジョンシーカー

The Dungeon Seeker

5

サカモト666

SAKAMOTO666

CONTENTS

主な登場人物
Main Characters
シャルナート
赤髪の美少女。
その正体は炎龍皇と
地龍皇が同化した龍種。
坂《さか》口《ぐち》亜《あ》美《み》
Bランク級冒険者選抜試験で
順平と共闘した日本人。
職業は盗賊《シーフ》。
武《たけ》田《だ》順平《じゅんぺい》（【擬態】使用Ver.）
目立たないよう
スキル【擬態】で変装した順平。
金髪蒼眼の駆け出し冒険者風。
武《たけ》田《だ》順平《じゅんぺい》
異世界に飛ばされた青年。
『狭間の迷宮』から一時離脱し、
外の世界でステータス上げに励む。

坂口なずな
亜美の妹。
『狭間の迷宮』深層域を
攻略している一人。
ヘルメス＝
マッキンリー
Sランク級のトレジャーハンター。
『狭間の迷宮』でなずなと出会う。
竜《たつ》宮《みや》紀《のり》子《こ》
木戸と共に順平を
『狭間の迷宮』へ
放り込んだ
裏切り者の一人。
木《き》戸《ど》翔《しょう》太《た》
順平を『狭間の迷宮』に
突き落とした不良グループの
リーダー。

プロローグ　頂上決戦

夕暮れの岩肌の荒野。

半径数百メートルの大きなクレーターがそこにはあった。

そのクレーターを中心として、概ね半径四十キロメートル以内には草一本もなく、延々と地肌が露出している。

――ここはかつて、炎と地の龍が争った場所。

炎の龍は原子単位での物理法則を捻《ね》じ曲げ、局所的に核攻撃を行った。

対する地の龍は魔術の極限結界の技をもって自らと、そして大地への被害を最小限に抑えながら火の龍を迎え撃った。

物理の極限と魔術の極限による戦闘の結果、生物の存在し得ない荒野の光景が作られた。

そして今――

そのクレーターの中心部で、一糸まとわぬ姿の赤髪の少女と、黒髪をなびかせたセーラー服姿の少女が向かい合っている。

赤髪の少女の見た目は十代前半、セーラー服の少女は十代半ばから後半といったところだ。

赤髪の少女は、この世のものとは思えぬ芸術品のような美しい容姿の持ち主。

対する黒髪の少女は、間違いなく整った顔立ちではあるが、同年代の女性が百人もいれば一人か二人はいるといった程度の美形で、常識外れという訳ではない。

「炎龍皇……早く一つになったほうがいい。単独ではボクの相手にはならないよ」

そう言うとセーラー服の少女は、赤髪の少女の後ろに控える金色のドラゴンを指さした。

「相手にならない？　確かにそれはそうかもしれない……けれど貴方の真意は別にあるはずだ」

「真意というと？」

「正確に言えば、私達一人一人では貴方の経験値にならないという事だろう？」

セーラー服の少女は目を細めて頷いた。

「理解が早くて助かるよ。十秒だけ時間をあげるから早く一つになったほうがいい」

「言われなくてもそうする。悔しいけれど私達は単独では全盛期の一割の力もない。迷宮最深部を、ある程度の余力を残して攻略できる相手となると……かなり厳しいものがあるからね」

赤髪の少女は、金色のドラゴンに向き直る。

両者が阿吽《あうん》の呼吸で頷き合うと——周囲が光に包まれた。

互いの体が眩《まばゆ》い光の粒子となり、やがて両者は空中で溶け合うようにして混じり合っていく。

光が収まった後、金色の瞳、赤色の髪を持つ少女は、不快の色を隠しもせずに口を開いた。

「これでわらわは炎地龍皇となった訳じゃ。で、まったく……失礼な奴じゃのう？　突然に現れて開口一番の台詞が『炎と地の龍よ……その首もらい受ける？』じゃと？」

「殺す相手に失礼もクソもないだろう？」

呆れたように笑うセーラー服の少女。

対する炎地龍皇は青筋を浮かべ、今すぐにでもセーラー服の少女の胸倉に掴みかからんばかりの怒気を発する。

「彼《か》の地の迷宮からの迷い人よ。お主のような輩《やから》に外を出歩かれては全世界の迷惑じゃっ！　今すぐに帰るがいいっ！」

「それは命令？　あるいはお願いなのかな？」

「わらわは龍皇じゃぞ？　命令に決まっておろう」

はァ……とセーラー服の少女は深い溜息をついた。

「炎龍のほうが話は通じやすいんだけどな。まあ、その姿の時は地龍が強く出るみたいだから仕方ないか」

「何を言っておるのじゃ？」

「命令とは強制力がなければ有効に発動しないんだよ？」

「じゃから、わらわは龍皇だと言うておる」

「ボクはキミよりも強いと言っているんだけど？　だから、この場合は命令ではなく、お願いという形にするべきだね」

くふふっと炎地龍皇は笑った。

けれどそのコメカミには、幾筋もの血管が浮かび上がっている。

「この前も迷宮出身の者が歯向かってきおったが……あそこの者どもは勘違いと身《み》の程《ほど》知らずが多いようじゃな？　わらわの力がいかほどであるかすらも理解しておらぬ」

「知っているよ？」

「ん？」

「ボクはキミ達の常識外れの強さを十分すぎるほど正確に知っている」

「ふむ？　ただの世間知らずではないとな？　わらわをわらわと知った上で喧嘩を吹っかけている

と？」

「ああ、そりゃあもう痛いほどに知っているよ」

「ハッタリはいい加減にせい」

そこで炎地龍皇は呆れたように肩を竦《すく》めた。

「ハッタリ？」

「そもそもな……正確にわらわ達の力を知る者など存在せぬのじゃ、なんせ、わらわ達と対峙《たいじ》した者で生き残っておるものはおらぬからな。外野のギャラリーがわらわ達の戦闘行為をほんに遠目から観測した程度の伝聞しか残っておらん」

「……」

「故に身の程知らずが突っかかってくる事も、ある意味では致し方ない面はある。まあ、迷惑この上ないがな」

「だからボクは知っていると言っている。キミ達の力も強さもね。出来る事と出来ない事、そして奥の手。手の内の全てをボクは知っている」

くふふ、と炎地龍は鼻で笑った。

「ハッタリも大概にせい、小童《こわっぱ》がっ！　わらわ達の手の内を知っておるのは……炎龍皇と地龍皇のお互いだけじゃ！」

「本当に面倒な人だな……それじゃあ論より証拠を示そう」

「証拠とな？」

「まず、現在のキミの状態だ。二体が一人になる事によって欠損した龍の力を補い合う。結果として……各々の全盛期の百二十パーセント程度の力になる、かな？　まあ、そういった個体として肉体を形成している、ってところかな？」

「……な？」

「炎龍の能力は攻撃特化だね。物理干渉による核攻撃全般が得意技だ。その中でも核融合の更に先にある技術の使用を得手とする。例えるならば最強の矛《ほこ》だ。まあ深層域では俗に【煉獄《れんごく》の火】と呼ばれる技術で、それほど珍しい能力ではないのだけれど」

ポカンと口を開け、呆《ほう》けた表情を浮かべる炎地龍皇。

「……え？」

「そして地龍は魔術結界と物理干渉を合わせた防御を主とする。ただの魔術ではなく更に物理演算法則に介入しているから……普通の空気がオリハルコンの硬度を遥かに超える鉄壁となる。例えるなら最強の盾だね。これも、迷宮深層ではそれほど珍しい能力ではない」

「……なん……じゃと？」

「最強の矛と最強の盾を持った二者が一つとなり、なおかつスキル以前に個体としての力も上がった。これなら勘違いするのも無理はない」

「勘違い……じゃと？」

「自分がいついかなる時、そしていついかなる場所でも強者として通用すると、そんな勘違いをしても仕方がないと言っているんだよ」

殺気を瞳に込めたセーラー服の少女が、炎地龍皇に歩み寄った。

そこで炎地龍皇は、右掌を突き出して少女を制止する。

「しばし待て……バルフナートがお主と話をしたいとの事じゃ。奴の自我を強く表に出してみよう」

「ああ、炎龍を出してくれたほうが助かるよ。彼女は状況を正確に理解しているだろうから」

「あい分かった」

赤髪の少女は瞳を閉じる。

そしてカっと見開くと金色の瞳に強い光が灯った。

「シャルリングスと貴方が会話をしている間……ずっと観察させてもらっていた。そして気付いた事がある」

「気付いた事？」

「貴方は迷宮の最深層に潜む者。そして恐らくは私達よりも強い。更に言えば、魂が歪んでいる。

と、いう事は因果な運命を背負っているって事なんだと思う」

「しかし……」と溜息をついて炎地龍皇は言葉を続けた。

「貴方ですらも最深部の最奥に存在するというアレには通用しない？」

「だからこそボクはここにいるんだよ」

「迷宮内の魔物は既に狩りつくした、という事かい？」

「ご明察《めいさつ》だ、正確に言えば美味しく頂けるようなのは、既に狩りつくしたって事だね。攻略グループの幹部連中も含めて、ただ面倒そうなだけの魔物はこちらも相手も互いにスルーしている。結局、上層域や中層域の雑魚をいくら狩っても文字通り経験値はゼロ、という状況になってしまった」

　それを聞いた炎地龍皇は呆れたように笑った。

「経験値を求め、迷宮外にまで……獲物を殺戮《さつりく》に来たと？」

「そういう事になるね」

　悪びれもせずにセーラー服の少女は微笑を浮かべる。

「人修羅《ヒトシュラ》――ここまでこの呼称が似合う者もいないだろう」

「否定はしないよ。共に時の概念という禁忌《きんき》に割り込んで、そしてボクは狂気へと至る罰を受けている」

「ねえ、貴方は殺し合いの先に何を見る？　何万、何億の屍《しかばね》の先に何を見る？　殺しの螺旋《らせん》は止まらない？　そもそも何故――邪法《じゃほう》に頼った？」

「螺旋……か。確かに言い得て妙だね」

「経験値稼ぎのための虐殺と、そして争う事そのものの虚しさ。そこまでして強くなって最深部に到達できたとする。何でも願い事が叶うって話だけど、褒美に貴方は何を願うというのだろう」

そこでセーラー服の少女は大きく頷いた。

「そんな事は決まっている」

「決まっている？」

「何も願わない。いや、ボクが最深部に到達する事によって、因果の糸――螺旋の全てが終わるんだ」

何とも言えない表情で炎地龍皇は肩を竦めた。

「貴方は世界の理《ことわり》への干渉スキルを持っている。しかも本当に変わったスキルだ。果たして貴方とあの少年、どちらの境遇がマシなのだろうか」

「あの少年？」

「少し前に出会ってね。魂が歪み切った少年がいたんだ。何事かと思ったから見てみたんだが……【死に戻り】かと思えばどうも違う」

ピクリ、とセーラー服の少女のコメカミが動く。

が、彼女はすぐに首を左右に振った。

「これ以上の問答は無用」

「分かったよ。私もシャルリングスの意識を前面に押し出す。戦闘時の咄嗟《とっさ》の状況判断は彼女のほうが早いから」

すると炎地龍皇の金色の瞳に宿っていた強い光が見る間に失せていく。

入れ替わった炎地龍皇は堰《せき》を切ったように笑い始めた。

「一言だけ問いたいのじゃ」

「……」

「お主が正気を保てる限界も間近じゃろう？　現時点でわらわと同等程度の力しか持たぬのに……そのペースで何故に深淵まで届くと思うておる？」

「これ以上の問答はするつもりはないから。特にキミみたいなのとはね」

左腰に差した日本刀。

その柄《つか》をセーラー服の少女は握り込んだ。

戦闘の意思表示を受け、炎地龍皇は応じるように右掌を高々と天に掲げた。

「十秒だけ時間をくれ」

「問答はしない」

「違う。恐らく最後の戦いになるというのに、いくらなんでも裸《ら》じゃ不味いじゃろう」

炎地龍皇の表皮が白い光に覆われていく。

「そういう事なら待たないでもない。好きにすればいいと思うよ」

数秒の後、「ほう」と感心したようにセーラー服の少女は口を開いた。

「キミ……白一色のワンピースって？」

「ああ、死に装束《しょうぞく》じゃな」

キッと炎地龍皇はセーラー服の少女を睨み付けた。

「とはいえ、わらわも易々とやられはせぬ。腕の一本程度は道連れにしてやろうぞ……」

「覚悟……決めちゃったか。こうなっちゃうとキミ達の底力は本当に面倒だ。ボクも余裕ぶってたけど……それなりに苦戦は予想している。逃げるか諦めるかしてくれると、どれほど楽だったか……」

うんざりといった風に息を吐き出すセーラ服の少女。

対する炎地龍皇は、雄叫《おたけ》びにも似た怒声を発した
「小娘——あまり龍を舐めるなっ！」

第一章　下衆討伐

▼▼▼▼▼▼

夜。

深い森の中。少し開けたところに、テントが幾つも張られていた。

パチパチと焚き火から乾いた破裂音が鳴った。

焚き火を中心に、数十人規模の下卑《げび》た笑い声が木霊《こだま》する。

一様に育ちも悪ければ頭も悪そうな風貌の男達が、蒸留酒の酒瓶をラッパ飲みするような無茶な宴会に興じている。

ゲラゲラと下品な笑い声の中、特に声の大きいのが二人。

スキンヘッドの大男の戦士と筋骨隆々の長髪の剣士は、本日何度目か分からない乾杯で安物のグラスをカチリとやった。

「いやあ、今回は儲かったな。この儲けは武装盗賊団結成依頼じゃねーか?」

手に持った七面鳥の脚にかぶりつきながら、大男の戦士は笑った。

「大貴族の邸宅に押し入り強盗ですからね。あっしなんてもうブルっちまって……」

「確かにお前、最初のほうはビビってたな。まあ、大勢《たいせい》が決して警護兵が逃げ出してからは、すこぶる調子が良かったみたいだが?」

気恥ずかしそうに剣士の男は笑った。

「いやあ……お恥ずかしい限りで」

「しかしまあ、危ない橋を渡ったおかげで金銀財宝の数々と——」

ニヤリと笑って大男は視線を焚き火近くに移した。

そこには年の頃にして十二歳から三十歳ほどの全裸の女が十名程いた。

女達は数十名の男に囲まれ、美醜による差別や年齢による差別などなく、例外なく皆一様に、平等に——嬲《なぶ》られていた。

「メイドが七人に貴族が二名。まあ、大貴族の血族の女なんて滅多に抱けるもんじゃありませんからね」

この男二人は集団の中でも上から数えたほうが早い地位にある。

従って、既に何度も欲望の精を高貴なる血族の者の中に放ったあとだった。

だからこそ安心して、思う存分に飲んで喰らい、訪れる酩酊《めいてい》に身を任せているのだ。

もしこれが順番待ちの状態だったら、コトに及ぶ前にベロベロになってしまっては元も子もないと酒量をセーブしながら……となっていただろう。

「しかしお前聞いたか？　俺らの兄弟達の話」

「一年前に本家の盗賊団から独立したノーチラスのオジキの強盗団の事ですかい？」

「ああ、そうだ。二週間前に半壊の憂《う》き目《め》に遭ったあそこの武装盗賊団だよ。残ったメンバーは本家に再吸収されたらしいがな」

しばし考え、長髪の剣士は噴き出した。

「ハハっ！　半壊の理由が神話の魔物に遭遇したって話でしたよね？　確かケルベロスでしたっけ？」

「その通りだ」

「しかし、言うに事かいてケルベロスはねーですわ。大方、盗みを働いたあとにドジ踏んでつけられてちまって……アジトを突き止められたんでしょうよ。で、AランクかSランク級の冒険者に強襲されて半壊……ってところでしょうね」

「俺らの業界じゃあ、アジトを突き止められて貯め込んだ金銀財宝やら構成員の首やらを、根こそぎ賞金稼ぎ連中に持っていかれるってのは最大のヘタ打ちだ。ノーチラス武装盗賊団に属していた連中としても……格好がつかないってんで、そういう理由にしたんだろうと思ったんだけどよ」

「アニキ？　どうして過去形なんでしょうか？」

「それが意外に眉唾《まゆつば》でもねーらしいんだよな」

「っていうと？」

「ああ、そりゃあな……あびゅっ！」

大男が奇声を発した。

「え？」

続けざま、長髪の剣士が素《す》っ頓狂《とんきょう》な声を上げた。

「……ナイフ？」

言葉通り、長髪の剣士の視線の先――大男の眉間からナイフの柄が生えていた。

「あびゃ……た……わ……し……ィ……」

ドサリと大男がその場に横たわる。

見る間に、地面に赤い染みが広がっていった。

「これは一体どういう……ひゃっ」

続いて、パンっと乾いた音が闇夜に響き渡った。

音速を超えた速度で打ち出された弾丸が男の頭蓋を破り、衝撃波を交えた螺旋回転で脳内を突き抜ける。

と、同時に、長髪の剣士の頭部に脳漿《のうしょう》と血の赤いバラが咲いた。

「あだ……らば……ぁ……？」

長髪の剣士が崩れ落ちる音に続き、次々とナイフの突き刺さる音が響く。

ザシュッ、ザシュッ、ザシュッ。

荒くれども達の頭にナイフの柄が生えていく。

パンッ。パンッ。パンッ。

同時に荒くれどもの頭に赤いバラが咲いていく。

蜂の巣に殺虫スプレーを噴きつけたかの如く――ボトボトと人間が地面に崩れ落ちていく。

――全てが頭部へのクリティカル。

ナイフも拳銃も一つの攻撃につき、確実に一殺。

「残りは十人ちょっとか。あとはお前に任せたぞ。こんな連中を狩っても俺には経験値にならんからな」

横たわる死体からナイフを引き抜きながら、武田順平《たけだじゅんぺい》はそう言った。

「了解。ダーリン」

「だからそのダーリンっての、止《や》めろよな……」

呆れ顔の順平に、ウインクしながら坂口亜美《さかぐちあみ》は応じる。

「あれ？　私達恋人じゃないの？」

パンっ。

パンっ。

鼻歌交じりに亜美が引き金を引くと、逃げ惑う男達の内の二人が脳漿を撒き散らして倒れる。

「なし崩し的にそういう事にはなっているが、それとこれとは話は別だ」

そう言って首を振る順平。不意に飛んできた矢を人さし指と中指で摘《つま》むと、そのまま矢じりの方向を百八十度回転させ、手首のスナップを利かせて飛んできた方向に投げ返す。すると死体がまた一つ増えた。

「あとは私に任せたって言ったじゃん……」

「すまんな。攻撃されちまうと反射的に殺《や》っちまう……」

ハァと亜美は溜息をついて順平に近付いてきた。

そして順平の体を服の上から弄《まさぐ》る。主に順平の胸部——乳首の辺りだ。

「おいお前……こんなところで何やってんだよ？」

すると亜美は意地悪く笑った。

「むしろこんなところで何をやっていると想像してるのよ。本当に頭の中……そればっかりなのね。

まあそれだけ私の体が魅力的という事だから悪い気はしないんだけれど……」

「ん？　どういう事だ？」

「順平？　ちょっとコレ借りるよ？　ちょっとだけ手こずりそうだから」

順平の上半身の定位置――鞘から亜美は魔獣《ケルベロス》の犬歯を抜き出した。

「一振りしかねーんだからなくすなよ？」

「そんなヘマはしないわよ。多分アレが頭目だと思う」

「だろーな。一人だけ動きが違う」

そうして亜美は一直線に駆け出していった。

狙う先は一人生き残った小男。

亜美の放った銃弾を数発、視認して躱《かわ》した男だ。

「よいっしょっとおおおお！」

間合いに入ると同時に亜美は跳躍。

小男の上を取り、魔獣《ケルベロス》の犬歯を振りかぶる。

男はニヤリと笑い、懐からナイフを取り出した。

「見たところ、お前はスピードタイプ……っ！　細かく動いてナンボのステータスじゃねえのか？

空中ではちょこまか動けねーぞ？　自らのアドバンテージを捨てるとはとんだドアホウだなっ！」

亜美の繰り出した犬歯を男は避ける。

そして、落下軌道に入った亜美に合わせ、男はナイフを宙に向けて投擲《とうてき》した。

「ところがどっこい――空中でもちょこまか動けるんだよねっ！」

次の瞬間、亜美は空《くう》を蹴り――落下軌道を男から遠ざかる方向に変えた。

「なっ⁉」

男の繰り出したナイフが空を切る。

再度、亜美は空を蹴って、今度は男に向かって急速に切り返した。

「スキル【空中制動】……曲芸みたいでしょ？」

ザシュっ。

首筋の頸動脈が掻き切られ、男は噴水のように血液を撒き散らしながら、その場に崩れ落ちた。

ピクピクと男は痙攣《けいれん》する。

が、亜美は不用意に近寄らずに、しばらく男の様子を確認する。

「ある程度の強者相手に致命傷を与えたら、まずは状況の確認」

痙攣する男の頭部に銃を構え、そして引き金を引いた。

「そして遠距離から追撃を仕掛けて確実に無力化する」

パンっ。

脳漿の混じった液体が周囲に散乱した。

「追撃は複数回。確実に死んだと思ってから更に二回」

パンっ。

パンっ。

頭部に一撃、心臓に一撃。

男が完全に沈黙した事を亜美は確認する。

そうしてパンパンと掌を叩きながら順平に向けて歩みを進めた。

「しかし、本当に雑魚を倒してもレベルって上がらないのね。ここ一か月で賞金首を壊滅させまくったのにレベルが7しか上がっていない。さっきの小男みたいなAランク級の賞金首も混じっていたのにだよ？」

「俺に至ってはレベル1も上がっちゃいねえぞ。レベルだけならお前はSランク冒険者並みだから……当たり前と言えば当たり前だ」

順平と共闘して原田良一《はらだりょういち》を倒した事により亜美のレベルは200近く上がり、レベルだけで言えばSランク級相当ととんでもない事になった。

順平が一番最初に不死者の王《ノーライフキング》を討伐した時、そのレベルは178まで上昇した。

原田も迷宮の深層攻略組で、そしてノーライフキングも迷宮の魔物だ。

ただの一度の討伐で、人類最高位であるSランク相当までレベルが上がってしまうのだから、彼の地の迷宮がどれほどぶっ壊れた難易度であるかが分かるだろう。

「って事で今回のギルドからの依頼も大詰めだな」

「うん。そだね」

順平と亜美は、先ほどまで輪姦《りんかん》されていた全裸の女性達に向かって歩いていく。

大貴族の邸宅から攫《さら》われてきた連中で、基本的に見た目のレベルが高い。

その中でも一際美しい、二十代の銀髪の女性に順平は声をかけた。

「とりあえずこれを着ときな」

マントを放り投げた順平に、銀髪の女はペコリと頭を下げる。

「ありがとうございます。お二人はギルドから強盗団の討伐で派遣されてきたので？」

「ああ、そういう事だな」

「多少乱暴はされたあとですが……助かりました。これほどの迅速の救助……今回の襲撃でお亡くなりになられたお父様……マシリス公爵の名前に感謝をしなくては」

女は涙を浮かべ、順平に頭を下げる。

ところが順平は首を左右に振った。

「で、俺らの今回の討伐依頼の本命はあんたなんだよ」

「え？」

「なにせ依頼主は……あんたの父親であるところのマシリス公爵、だからな」

「……依頼？　お父様は強盗の襲撃で亡くなられた……」

怪訝な表情を浮かべる銀髪の女に、順平は肩を竦めて応じた。

「ああ、ガッツリ生きてるよ？　襲撃の際に死んだのは影武者だ」

「…………え？」

大きく目を見開く女に順平は更に言葉を続ける。

「使用人の若い男との駆け落ちの失敗。男は殺されて、あんたは家に連れ戻された。で、そっから、自棄《やけ》になったんだって？　まあ……ちょっと火遊びが過ぎたな。マンドラゴラをはじめとしたドラッグ乱交パーティーを主催して日夜のランチキ騒ぎ……」

「……」

「全ては父への復讐……マシリス公爵家の名前を汚すためにやってた事なんだろう？」

女は真っ直ぐ自分を見つめる順平に、耐え切れない……といった様子で視線をそらした。

「……結局、どういう事なんでしょうか？」

「最愛の男を殺されたあんたは、どうしても父親が許せなかった。家名を汚すような馬鹿な行動を取っても……それでもあんたの鬱憤《うっぷん》は晴れなかった」

「……」

「あんたは悪手を取った。父親を殺すために……屋敷の警備を中からかき乱し、強盗団の押し入りの手引きをした」

「……い、い、言いがかりです！　私はこの連中に嬲られて……」

「そう、あんたも強盗に捕まった。だが、本当はその後に解放される取り決めだった。違うかい？　まさか被害者が真犯人だとは誰も思わねーからな。そうしてあんたは遺産だけを相続して、あとは悠々自適って奴だな。だが、あんたの行動が全てバレてたって考えてみろ……いろいろと今回の件でおかしいところがあったとは思わないか？」

そこで女ははっと息を呑んだ。

「確かにあの日、やけに警備が手薄で……それに……それに……ギルドに緊急配備をかけたとしても一日も経過していない……今この段階でもう救援が来るとは考えにくい」

「ご明察だ。強盗が押し入る前から、俺と亜美は一部始終を見させてもらっていた。首謀者も含めて全員を一網打尽にするためにね」

消え入りそうな声を発するとともに、女はまつ毛を伏せた。

「……でも……証拠が」

「証拠？　俺には素敵関係のスキルがある。強盗が押し入る直前に屋敷の裏口をあんたが開いた事を知っているし……それだけで十分だ」

「……結局……どういう……事でしょうか？」

「父親に嵌められたんだよ、あんたは」

「ハメられ……た？」

「あんたは公爵家の悪名を吐き散らすだけの害悪だ。しかも公爵からすればいつ娘に寝首をかかれるか分からないと……そんな状況が長らく続けば実の子供でも殺してやりたいと思うだろうよ。大貴族様にとっては女の実子なんざ政略結婚の駒以上の価値はねーし、妾《めかけ》に産ませた子供まで数えるとダース単位の世界だろ？」

「……」

「かといって高貴なる家名を背負っている手前、表だって殺す訳にはいかない。そして仕組まれたのが今回の舞台装置って奴だな。で――死刑執行人は俺だ」

そこで諦めたように銀髪の女は首を左右に振った。

「分かりました。しかし一つお尋ねしたい」

「何だ？」

「それほどの力があるのに、ギルドの……父の飼い犬でよろしいのですか？　命令で、あなたは人を殺すのですか？」

ハハッと順平は笑った。

「胸糞悪そうだったからこの依頼は断ろうと思ったんだよ。ただ、資料を見て気が変わった」

「……？」

「あんたのドラッグパーティーは黒魔術のミサの形式で行われているな？　その時の定番として……攫った浮浪児を火にくべて悪魔崇拝の儀式を行っていたはずだ」

「……」

「俺にとっては、それだけで人を殺す理由としては十分なんだよ」

深い、深い溜息を銀髪の女は吐き出した。

そのタイミングで順平は亜美から拳銃を受け取った。

「ヨアヒム……もうすぐあなたに再び会う事が……優しく気高いあなたに……ようやく」

「残念だが……」という前置きで順平は首を左右に振った。

「優しく気高かったたっていうその彼氏に……お前は会えないだろうよ」

「……？」

照準を女の眉間にセットし、順平は言った。

「お前のその言葉が正しいとするならば彼氏は天国だ。そしてお前は地獄に落ちるだろうからな」

「……」

そうして順平は銀髪の女に、左手でファックサインを決めた。

「地獄から――天国の彼氏に向かって懺悔《ざんげ》しな」

――パンっと乾いた音。

続いて人間が一人……崩れ落ちた音が周囲に響き渡った。


南北に伸びる昼下がりの街道。

大陸を東西につなぎ、始点から終点まで一万二千キロメートルあるとされる巨大交易路だ。

東の果てから香辛料を荷馬車一杯に詰め込んで西の果てで売りさばくと、贅沢さえしなければ一生暮らせる程度の利鞘《りざや》が生まれるという。

とはいえ、個人が荷馬車でそれをやろうとした場合、途中で野盗やら魔物やらの餌食《えじき》になるだけだしなかなか難しい。

「しかし……」

街道を歩く順平は軽食を頬張りながらそうぼやいた。

ちなみに食べているのは白パンに、炒めたオークキングのハムを挟んだもの。

味付けは塩と酢、そしてオリーブオイルのドレッシング風の調味料。そこに大量の香辛料を塗布したもので、少し変わった味付けのサンドイッチである。

「ん？　さっきから難しい顔してるけど、どうしたの？」

順平とまったく同じモノを頬張る亜美がそう尋ねる。

「連中の会話を聞いてたか？」

「あー、そういえばケルベロスがどうのこうのって言ってたわね？」

しばし順平は押し黙る。

地球では神話の中でのみ存在する魔獣である。

異世界でも、やはりそれは伝承上にしか存在しない超レアモンスター。

しかし、あの迷宮では当たり前に出てきた。

腕を喰われた順平からすると、そういった噂を聞いただけでも内心穏やかではなくなる。

いや、というよりも彼《か》の地の迷宮については思い出したくもないというのが本音だった。

「……」

押し黙る順平に亜美は怪訝そうに尋ねた。

「本当にどうしたの、順平？」

「ん？　ああ……ちょっと考え事をな」

遥か遠方を眺めながら順平は呟いた。

「ケルベロス……か。まさかこっち側にもいるとは思えねーが……。しかしあの時は俺がゴミステータスだったからどうしようもなかったが……今ならどうなんだろうな？」

「ん？　あの時？　こっち側……？」

「ああ、気にするな。独り言だ」

「だから私は……どうしたのって聞いてるんだけど？」

「ああ、別に何でもねーよ」

「そんな事ないよね？　それにあっち側とかこっち側とかあの時とか……教えてくれないの？」

「言っても仕方ねーからな？」

　そこで亜美はムスっと両頬を膨らませた。

「……私は少し不愉快になりました」

「ああ、そりゃあすまなかったな」

「……本当に教えてくれないの？　どうして私に隠し事ばかりするの？」

「何度も言ってるが、言っても仕方がないからだ。俺を取り巻く環境は少し特殊にすぎる」

　亜美は再度ブスっと両頬を膨らませる。

「頑《かたく》なに教えないって言うんだったら無理には聞かないよ。順平がそこまで言うんだもん、私が聞いたところで本当に仕方ないんだろうし、むしろ順平の不利益にしかならないんでしょう？」

「そういう事だな」

「でも、私は不愉快になりました。その責任は取ってもらいます」

そして何かを思いついたように意地悪く笑うと、順平に向けて唇をすぼめた。

「んっ」

「何だ？」

唇をすぼめるたまま、再度言う。

「んっ」

「だからなんなんだって」

「……分かるでしょ？」

呆れ笑いを浮かべながら、順平は亜美にキスをした。

しばし舌を絡め合い、数十秒後に糸を引きながら唇と唇が離れた。

「これで満足か？」

ニッコリと笑いながら亜美は応じる。

「うむ。余《よ》は満足じゃ」

「なんで殿様っぽいんだよ」

「まあ、それはいいとして、次の街に早く急ごう。日が暮れちゃうよ」

「旅をしながら、ここ一か月でこなしたギルドの依頼総数は七つか。この前の公爵家の案件が凄く効いたみたいだ。これであと一つか二つ依頼をこなせば……俺らは晴れてAランク級の冒険者になれる」

うん、と頷き亜美は言った。

「早く次の都市のギルドで報奨金を貰おうよ。それでそのあとは……」

ああ、と頷き順平が続ける。

「祝杯と行こう」

そこで亜美は大きく目を見開いた。

「ソッコー宿屋にしけこんで……イチャイチャするんじゃないの？」

「何を言っているんだお前は」

「ベッドでするの久しぶりじゃん？　毎日やってはいるけど……野営のテントじゃお尻と背中が痛くて集中できない……」

ゴンっと亜美の頭にゲンコツが落とされる。

「お前はもう少しデリカシーというものを持てよ」

「で、どうするの？」

「何をだよ？」

「街についたらすぐに宿屋に駆け込むの？　駆け込まないの？」

「別に飯食ってからでいいじゃねーか」

「結構、私は溜まってるから……サービスするよ？　順平は溜まってないの？」

確かに最近は何故かマグロ気味だったな……野営が原因だったのかと、順平は得心したように軽く頷いた。

そうして、しばし何かを考えたあと、視線を下方に落としながらこう言った。

「……駆け込みます」

満足そうに亜美は頷いた。

「正直でよろしい」

しかし……と順平は溜息をついた。

「次の街で街道の西の終着地点だ。そこから山道に入って二日だったたか？」

「うん。私と妹がこの世界に来てから身を寄せていたダーマス村ね」

「坂口なずな……だったか？」

「うん。四歳離れているから今は十二歳。私に似て美人だよ？」

「ああ、お前に似てたら確かに美人かもしれねーな……って、やかましいわっ！」

順平は亜美の頭をパシンとはたいた。

そこで亜美は一瞬驚いた顔をし、しばらく固まってから吹き出した。

「プッ……ハハッ……」

「ん？　今のでウケたのか？　お前の笑いのレベルって低いんだな」

亜美は首を左右に振った。

「違うよ。何て言ったらいいのかな……」

「ん？」

「順平でも……そういう事するんだねって」

「そういう事？　何をだ？」

「ノリツッコミだよ」

「……？」

「んー。通じてないかぁ……何ていうかね、初めて会った時と今の順平はちょっと違う気がするんだ」

「違うって？」

「何ていうか……自然に笑顔が出るようになったからさ。前はもっと張りつめてたっていうか……」

しばし順平は押し黙り、そして肩を竦めた。

「まあ、そういうもんなんじゃねーのか？」

第二章　ダンジョンシーカー1

ハッハー！

俺の名はヘルメス＝マッキンリー！　凄腕のトレジャーハンターだ！

ちなみに日本での名前は郷田洋平《ごうだようへい》だったが、異世界のみんなには内緒だぞっ！

と、まあ、そんな内緒事項は別として俺はぶっちゃけ、かなり凄い。

何が凄いかっていうと、ヘルメス＝マッキンリーという名前で普通に通るぐらいに顔が濃い。

そしてオッサン顔だ。

日本にいる時からオッサン顔っていうので、人から馬鹿にされていたっけ。

小学四年生で駅員に『子供料金って……いい大人が恥ずかしくないいんですか？』とか言われたのには本当に笑ったたね。

タッパもあったしな。小四で百六十八センチってかなりのもんだと自分でも思う。

そんでもって、二十八歳の今になっても身長は百六十八センチで変わらずだ。

どこにいったんだよ、俺の第二次成長期はよ。

ちなみに見た目は三十五歳で小学校の頃から変わらない。

って、話が脱線しちまったな。

何が凄いってそんなしょうもない事じゃねえ。普通に俺は異世界では強者の部類に入る。

なんせ、Sランク級冒険者に数えられていて、レベルも今現在２７０だ！

どんな迷宮でも俺の実力とトレジャーハントのスキルさえあれば一発ＫＯだ！

世界中の迷宮や遺跡を巡ったおかげで、数々のレア装備も完備して向かうところ敵なしってきたもんだ！

そんな感じで少なくとも迷宮攻略においては俺の右に出る者はいなかった。

本当に楽勝だったんだよ。


――ただし、一般的な意味での最高難度の迷宮ならな。

さっきも言ったが、俺はソロプレイで超高難度ダンジョンを次々踏破してきた。

で、表のダンジョンで最高峰とされる迷宮をクリアしたあとの事だ。

俺は酒場で最悪の迷宮の噂を耳にした。

聞けば、未だに世に広く知られていない高難度の迷宮があるって話だったんだ。

それはつまり最強のトレジャーハンターである俺にとって、最悪の迷宮とくればイコール最高に割のいい仕事となる訳だ。

しかも前人未踏で世に知られていないというのも非常に魅力的だった。

何と言っても誰にも荒らされていない訳だから、迷宮に眠る財宝も選《よ》り取《ど》り見取《みど》りって奴だからな。


——で、現在……俺はその『狭間の迷宮』の二十三階層にいる。

一人でまともに攻略できたのは、最初のほうの低層で隙と弱点を突いて何とか二、三階層のみ。

あとは全て逃げの一手だった。

そんでもって俺は今——自らの腹から、臓物を撒き散らかして絶賛虫の息って奴だ。

おあつらえ向きに、血に飢えた十を超えるケルベロス達が俺の周囲を徘徊《はいかい》している。

ハハっ、本当に笑えねえ。

なんせ、ケルベロスだぜケルベロス！

神話の生物が、この階層ではまるで雑魚キャラですって顔をして、それがダース単位でそこかしこにいるんだから本当に笑えねえ。

いや、ありえねえ。俺にとっては雑魚じゃねえ。

しかも、この階層には安全地帯が存在しないときたもんだ。

恐らくここまで到達した連中が、この階層で手こずるはずがないという想定なんだろう。

だからこそ安全地帯がない。息抜き的な意味合いの階層なんだと思う。

とにかく大量のケルベロスがそこかしこにいる状態で、雑魚敵の殲滅戦《せんめつせん》みたいな様相を呈している。繰り返すが、俺にとっては雑魚じゃねえっつうの。

実際に【過去視】の能力を使っても、この階層を攻略した連中は圧倒的なレベル差を活かしたゴリ押しか、あるいは冗談みたいなスキルを活かしてのこれまたゴリ押しだった。

まあ、共通する事はみんながみんな余裕のよっちゃんでこの階層を突き進んでいったって事だな。

何度だって言うが、俺にとってケルベロスの大軍の単純配置ってのは致命傷だ。

なんせ、俺は【過去視】の能力で上手く隙をついて、逃げの一手だけで二十三階層まで潜ってこられたんだからな。

単純なパワープレイの物量作戦は相性が悪すぎる。

が、まあ…………俺自身もいつかはこんな事が起きるだろうとは思っていた。

だから嘆いても仕方ないってなもんで、この階層でも今までとまったく同じ手法で駆け抜けようとした。

全力ダッシュで次の階層への扉に進んだんだが、道のりの三分の一程進んだところで犬どもに捕まって……腹を抉《えぐ》られ臓物を撒き散らしている現況って訳だ。

最初、俺に群がってきたのは四匹だった。

で、次から次に血の臭いを嗅ぎつけたワンコロどもが集まってきた。

結果、周囲にいるケルベロスの総数は目視で二十を超えた。

「カハっ……大腸が飛び出ちまってやがるな」

まったく、我ながらヤキが回ったもんだな。

俺が長い間トレジャーハンターをやってこられたのは【過去視】のスキルの恩恵が大きい。

けど一番大きかったのは、日本にいる頃から持っていた危険察知の第六感だ。

キナ臭い香りを感じると、背中の辺りにムズムズが走るんだよな。

飛行機事故もバスの事故もそれで回避したし、異世界に来てからもギルドの斡旋仕事で他の連中が大惨事に遭ったようなのは全てスルー出来た。

君子危うきに近寄らずってなもんだな。

でも、何故にあの酒場でこの迷宮についての噂を聞いた時、第六感が働かなかったのか。

よりによってなんであの時に……何度悔やんでも悔やみきれない。

「まあどうでもいいか。どうやら俺もここでおしまいみてえだなァ……。くだらねえ……本当にくだらねえ」

ほうっといても死ぬってのに、せっかちなケルベロスが俺に近付いてきた。

ボタボタと涎《よだれ》を垂れ流しながら、大きな大きな口を開く。

ビッシリと並んだ巨大な歯と、赤色の巨大な舌。

「出来れば痛みは少なめにな……」

軽く溜息をつきながらそう呟く。


——結局……死ぬまで独りぼっちだったな。

オッサン顔のせいで虐《いじ》められて中学の時から引きこもって……そっから二十二歳まで引きこもり続けて、気付けば両親は死んでた。

まあ、家のローンは終了してたんで、そこは助かったが。

どうしようかといろいろ考えたんだが、働くのは無理だし、そもそも人と話すのは苦手だし……

そんな時に突然、異世界トリップって奴が起きた。

妙な空間に飛ばされ、とんでもなく美形のショタ神と会った。

彼はキョドりまくる俺が物凄くお気に召したらしい。

曰く、「ハハハ。いい感じにキモくて好みだよ」という事だった。

で、貰ったスキルが超級の【鑑定眼】だ。

持ち前の第六感と【鑑定眼】のスキルを活かして、俺は異世界でSランク級冒険者にまで成り上がった。

と、そこまで思い出して、俺はハハっと乾いた笑い声を漏らした。


——死ぬ時に人は走馬灯を見るっていうが、どうやら本当だったようだ。


現在、ケルベロスは目と鼻の先。

生ぬるく、そして生臭い吐息を鼻先に感じ、いよいよ観念した俺は瞼を閉じる。

一秒。

二秒。

三秒。

四秒。

五秒。


――――ん？


来るべき痛みが来ない。

代わりにぴちゃっと飛沫が頬を濡らした。頬に手をやり確認すると、掌は真っ赤だった。

続けてすぐさま、ドサリと地面に音が響いた。

何事かと思い周囲に目をやる。

分断されたケルベロスの首と胴体。そして、セーラー服の少女が立っていた。

彼女は振り向き、億劫《おっくう》そうに呟いた。

「経験値の横取りを非難するつもり？」

横取り？　何を言ってやがるんだこいつは。

「でも、キミはどうせ助からないように見えるので経験値は必要ないはず……いや、でもこの階層まで来れるという事は……」

ポンと少女は掌を打った。

「なるほど。【擬態】か」

納得したように彼女は頷く。

と、同時にケルベロスが数体、彼女に襲い掛かってくる。

瞬《まばた》きの間。

神速とも呼べる速度で彼女は日本刀を振るい、襲い掛かってきた全てのケルベロスの首を切断した。

「まあ、どちらにしろこの階層はボーナスステージ。経験値は根こそぎボクが貰うから」

それだけ言うと彼女は腰をかがめ、微かに前傾姿勢を取った。

そして――

衝撃波が吹き荒れた。

音速を遥かに超える速度で動いたのだろう。

吹き荒れる突風に俺はゴロゴロと転がされる。同時に、ケルベロスの首がぼとぼとと地面に落下していった。

これは良くない。

地面を転がった衝撃で俺の腹から、更に大腸がぶちまけられる。

「おい、お前……」

「ん？　この刀の切れ味に驚いた？　これは備前長船兼光《びぜんおさふねかねみつ》……ボクの生まれ育った祖国の稀代《きだい》の名刀であり、そしてこの世界の魔素でありえぬほどに練成・強化された刀だよ」

こいつは黒髪だし日本人……か。

ってか、確かにこの世界では地球上の伝説にある高名な武器の数々が同名で存在したりする。

ロンギヌスの槍であるとかグングニルであるとか。

この世界独自の謎パワーでブーストされたという備前長船……まあ、この切れ味も納得だろう。

「いや、そう……じゃなくて……」

「まあ、驚くのも無理はない。これはただの備前長船兼光ではない。何しろ、深層域でドロップした何百、いや、何千振りの内の最上位……レア中のウルトラレアなのだから」

……ってか、話を聞かねータイプだなこいつ。

既に周囲には、一匹のケルベロスも存在しない。

死んでいるか、あるいは致命傷を受けて虫の息で痙攣《けいれん》しているかのどちらかだ。

安全は確保されている訳だ。

そうであればさ……とりあえず俺の怪我について心配すんだろ普通？

「お嬢……ちゃん？」

「何？」

「出来れば……怪我……を……治して……ほしい」

はてな？　と少女は首を傾げた。

「それは【擬態】だよね？　まさか本当に……内臓出てるの？　この階層まで来れるのに？　こんなボーナスステージで普通に死にかけてる……と？」

ここでついに俺の意識が危なくなってきた。

痛みについてはスキル【耐痛】で何とかなるが、失血なんかの身体的な致命傷はどうにもなんねー。

これ以上の問答を続けるとマジで死ぬ。

「頼む……助けてくれ……」

「見返りは？　いや、どうやってここまで潜って来れたと聞くほうが適切かな？」

「……【過去視】の……スキルが……ある。役に……立て……るはず……だ」

少女は残念そうに首を左右に振った。

「残念だがボクには最も不要なスキルだ」

くっそ、目が霞《かす》む。

本当にもうダメらしい。

「……スキルでも何でもないが俺は……勘がいい」

「勘がいい？　どういう事だい？」

「危険を……察知すると……背中に違和感が……走る」

しばし少女は何かを考えるように顎に手をやる。

そしてゆっくりと俺に歩み寄り、一言呟いた。

「【パーフェクトヒール】」

内臓が見る間に収納されていき、腹膜が瞬時に再生した。

次に、切り裂かれた肉と皮がこれまた瞬時に再生した。

腹をさすると傷跡も何もない。まさに完全回復って奴だ。

「完全回復……伝説上の魔法じゃねーのかそれは？」

俺は乾いた笑い声をあげた。

「いいや」と少女は首を左右に振る。

「MPは消費するけれど、これは魔法じゃない。正確にはスキルの一種だよ」

「スキル……？　しかし、どう見ても近接戦闘職の……それも攻撃特化型のお嬢ちゃんに……何故そんなシロモノが？」

「ああ、その事？　五階層前の敵から盗んだんだ」

「盗んだって……」

「とても便利だからね。即死さえ避ければそうそう死にはしない。ＨＰにある程度振っておけば……あとはＭＰが尽きるまで無限に戦える」

やはり話が出来ないタイプの女のようだ。

何の説明もなく盗んだと言われてもサッパリ分からない。

いや……これは最初からまともに話をする気がない感じか？

話をしても意味がないというか、まともに説明をする気がないというか、そういうオーラを感じる。

「しかし……嬢ちゃんのレベルはどんなもんなんだ？　尋常じゃないのは分かるが……」

「レベル？　強さの指標としてそれを問う事にどれほどの意味があるのだろう。まあ、無意味とまでは思わないが」

「え……？」

「ああ、キミは実力でここまで来た訳じゃないんだったね。ソロプレイなら普通は十階層に辿り着く前にレベルは１０００を超える。その時点で資格を得る事が出来るんだが……」

「資格？」

「物理演算法則に介入する力さ」

　物理演算法則介入？

　ん？　今、サラっととんでもない事を言いやがったんじゃないかこのお嬢ちゃん？

「おい、それって……」

「創造神の作ったこの世界。ゲームに例えるならクソゲーもいいところなんだが、まあ、世界を支配する物理法則の演算方法に介入する力だね」

「まさか……」

「とはいえ何でも出来るようになるという訳でもない。まあ、ちょっとだけ……係数だったり倍率だったりもっと言うと微分積分だったりを弄《いじ》れるようになる程度だよ」

　運動法則をある程度任意に書き換えられるって事か？

　本当に無茶苦茶じゃねーか。

「例えばだね。物理演算法則への介入を極めれば……時速十キロメートルの初速で飛び上がったとしても、それを第二宇宙速度に設定し……地球の衛星軌道から飛び出す事が出来るようになる」

「第二宇宙速度つったら本来は時速四万キロメートルじゃねーか」

「より正確に言うのであれば時速は約四万三百キロメートルだね。そして四万キロという距離は概ね地球一周分となる」

おいおい……と俺は溜息をついた。

「無茶苦茶どころじゃねーぞ、その能力」

「ああ、ボクもそう思うよ」

すんなりと認められてもどう反応していいか分からない。

でも、俺にも分かる事がある。

これは俺にとって千載一遇《せんざいいちぐう》のチャンスであり、今、目の前にいるこの少女は、俺に垂らされた救いの糸だという事だ。

なんせ常識外れのダンジョンで出会った、更に常識外れの力を行使する人間だ。

俺が助かるにはどう考えても……こいつにすがるしかねえ。

「なあ?」

「何?」

「連れて行ってくれないか?　俺はどうせここで死ぬ」

「連れて行ってもいいけど……」

「いいけど?」

「役に立ってね?」

「ああ、俺の第六感には期待していいぜ?」

うんと少女は頷いた。

「本当に期待しているよ。スキルやステータス数値に頼らない特殊な能力……そういったものをボクは今欲しているんだ。眉唾でもいい。まさに藁《わら》にもすがるという奴だね」

「……どういう事だ？」

「いずれ分かるさ。それはいいとして……」

「ん？」

「どうしてボクについてきたいの？」

「お嬢ちゃんについていけば、少しは生存の確率が上がるはずだ」

「数十階層下までなら簡単だね」

「数十階層っつーと？」

「ボクについてくればその辺りまでは確かに楽勝だと思う。でも……」

「数十階層下まで楽勝って、この迷宮が何階層までか知ってやがるのか？」

「うん、それで五十階層以降は段違いでレベルが上がるんだ。今のボクと同行しても間違いなくその辺りで詰んで死ぬよ？」

「何言ってやがんだ？　まるで本当に見てきたみたいな事を言いやがって……」

やれやれとお嬢ちゃんは肩を竦める。

「信じる信じないはキミ次第だね。いずれにしても死ぬのは確定だよ?」

まあ……と俺はお嬢ちゃんの瞳を見据えた。

「いずれ死のうが死ぬまいが、俺がこの迷宮で生きていくためには……お嬢ちゃんにのっかるしかねーんだよ」

しばし考えて、お嬢ちゃんはコクリと頷いた。

「好きにすればいい」

「しかし……」と呆れ顔で俺は呟いた。

「どうして嬢ちゃんはそんなにも強いんだ?」

しばし考え、少女は言った。

「大切な事はそう多くない。闘うってのは本当にシンプルな事なんだ」

何かを思い出すように彼女は天井を見上げ、そして少しだけ瞳をうるませて笑った。

「大事なのはね」

「大事なのは……?」

「ココの使い方と……」

頭をコツリと叩き、次に彼女は心臓を誇らしげに叩いた。

「そして、ここに強い意志の炎が灯《とも》っているかどうかなんだよ」

うーん。

要は頭の使い方と度胸……あるいは覚悟って事か？

言わんとする事は分かるが、どうにも抽象的に過ぎる。

何とも言えない表情の俺に向け、儚げにお嬢ちゃんは笑った。

「ところで――キミは刀を扱う事は出来る？」

「ハッハー？　俺はトレジャーハンターだぜ？」

「ん？　どういう事？」

「自慢じゃねーが得手な武器もないが、不得手な武器もねーさ！　まあ、器用貧乏とも言うがな！」

実際にそうだ。

どんな武器でもそこそこ使え、しかしどんな武器の達人でもない。

スキルレベルでいうと、いろんな武器術で熟練級となっているって感じだな。

まあ、これは職業適性に伴ったボーナススキルって奴だ。

トレジャーハンターっつったらいろんな遺跡を巡っていろんな武器防具を手にする。

いろんな種類の武器防具の中で、得意なものばかりを拾うってのはムシが良すぎる話だろう。

必然的にそういった武器防具をある程度幅広く使いこなすスキルが必要で、それが出来るからこ
そのトレジャーハンターという職業な訳だ。

「ならば都合がいい。これをあげるよ」

そう言うと、少女は手に持った刀を俺に差し出してきた。

「おい、どういう事だ？　これは備前長船兼光……とんでもねえレアアイテムじゃねーのか？」

「レアランクで言えば神話級の上位だね」

ははっと俺は乾いた笑いを浮かべた。

そんなレアランクなんて伝説上で聞いた事はあっても、実際にお目にかかった事はない。

「他にもいろいろな防具がボクのアイテムボックスに入っている。キミの実力はこの迷宮、この階層ではゴミカス以下の存在だ。せめて装備くらいはまともにしてもらいたい」

手渡される日本刀。

ズシリとした重量感に俺は気圧《けお》されながら尋ねた。

「しかし嬢ちゃん？　これを俺にくれたら嬢ちゃんの武器が……」

「ボクにはこれがあるから」

少女はアイテムボックスから一振りの長刀を取り出した。

紫色に妖しく光る刀身、その長さは二メートルを優に超える。

「それは？」

「……ムラマサ。最悪の切れ味を誇る神殺しの咎刀《きゅうとう》だね。手入れも面倒なワガママな刀だから雑魚の殲滅の時はサブウェポンとして備前長船を使っているんだ」

なるほどと俺は頷いて、【鑑定眼】のスキルを行使した。

そして俺は本日何度目か分からないような乾いた笑いを浮かべた。

「ははっ……本当に呆れるぜ」

「どうしたんだい？」

「アイテム説明で文字化けなんて初めて見たぞ？」

少し困ったように少女は言った。

「深層域では珍しい事でもないよ」

本当に謎だらけというか……こいつは人に説明をする気がないのな。

肩を竦める少女に向けて、俺も合わせて肩を竦めて応じた。

坂口なずなによる鑑定結果

【ムラマサ】
アイテムランク▼▼▼　？？？

特徴▼▼▼　徳川家と因縁があったために曰く付きとなってしまった伝説の妖刀。刀としての性能を超越しているとしか思えない切れ味であり、使用者の意志とは無関係に触れたモノ全てを切り裂く。美術品としても秀逸であり、見事な刃紋は見る者が見れば感嘆の溜息を漏らすだろう。攻撃力＋１２００／神殺し属性／対不死者属性／対獣魔属性／対人属性／対虫属性／対鳥類属性／対爬虫類属性／対物属性／対霊属性／対魔属性

【備前長船兼光】
アイテムランク▼▼▼　神話級（上位）
特徴▼▼▼　最上大業物に分類される稀代の名刀。重要文化財に指定されるようなシロモノであるが、迷宮内の深層域ではそれなりの頻度でドロップアイテムとして現れる。日本の美術館に飾られているようなソレとは異なり、『狭間の迷宮』の混沌によって、作成者の刀剣に対する強烈な情念が付与され、攻撃対象の抗力に関する係数に武器そのものが物理演算法則介入できる。その切れ味は驚愕の一言で、素人が使ってもオリハルコンすらも紙粘土のように切り裂いてしまう。ただし、コンニャクは斬れない。攻撃力＋４０００／神殺し属性／対人属性／対霊属性

第三章　腐敗の村の伝承

昼食時には少し早い時刻。

亜美と順平は山道を歩いていた。

「しかし……しょっぱかったね、あの貴族」

「ああ、あれだけの事をさせたのに成功報酬をケチるってのはいただけない」

「むしろ口止め料やら何やらで多少のっけてくれてもいいくらいなのに……」

「まあそうだろうな」

「やっぱり私……今からでも文句言ってくる」

「いや、だから別にいいって。匿名とはいえ実質は大貴族からの依頼って事で……しかも汚れ仕事だろ？　事情を考慮してギルドの貢献度としては相当に色を付けた評価を貰ってるって話だから」

「でも、お金は大事だよ？　正当な報酬は貰わないと……」

「金の事は気にするな」

「そりゃあ順平はそんだけ強ければ幾らでも稼げるだろうけど――」

亜美の台詞に順平はクスリと笑った。

今の亜美の実力はAランク級冒険者相手でも十分に通用する。

上級職ではないというだけでレベルならSランク級なのだ。稼ごうと思えばそれこそ数年で一生遊んで暮らせる富を得る事が出来るだろう。

が、急激なレベルアップのせいで、亜美は現状の能力と自己の認識に少しばかり差異があるようだ。

「だから気にするなって」

「むー……そりゃあ順平がそう言うならそれでいいけどさ……そもそもウチの稼ぎ頭は順平なんだし。私はただのお味噌だし」

と、その時――森が開けた。

見えるのは延々と続く一本の坂道。

「あ、懐かしいな……ここ見覚えがある」

「ん？　見覚え？」

「うん。妹のいる村まで歩いて二時間かからないくらいだと思う」

「勘違いって事はないか？　お前は結構ボケてるところあるからな」

樹木の間に覗く古ぼけた教会を亜美は指さした。

「あの教会があるから間違いない」

「ふーん……えらくボロっちいな」

「田舎の教会なんてこの世界じゃどこもあんなもんだよ？　それでこの辺りではあそこが唯一の教会なんだよね。それこそ本当に特別なイベント事だけで使われるような……神聖な場所なんだ」

「結婚式とかで使う感じか？」

「うん、そういう事」

しかし……と順平は感慨深く言った。

「一か月か……大分かかったな」

「依頼をいくつかこなしながらだからね。予定より少しかかるのも無理ないよ」

「まあ、おかげさまで、そろそろ俺らはAランク級の冒険者だ」

冒険者ランクがBからAになる。それは上級職への転向が可能という事を意味する。

中級職から上級職へのクラスチェンジとは、すなわち今までのレベルアップ分のボーナスポイントが更にプラス5ずつ加算され、ステータスに割り振る事が出来るようになるということだ。

順平であればレベルが1000を超えているのでその総数は5000オーバーというとんでもないものになる。

「そういう事ね。私のレベルは250と少しだから、ボーナスポイントもここから更に1250以上割り振る事が出来る」

「ああ、ステータス的にもSランク級冒険者の中位層から上位層と比べても遜色《そんしょく》ねーだろうよ」

「しがない盗賊《シーフ》だった私が順平と出会って……たった一か月でこんなんになっちゃうんだから人生って分からないものね」

浮かれ顔でそう言う亜美に順平は感慨深く頷いた。

そして空を見上げながら思う。

――少なくともこれでこいつは、この世界で不自由なくやっていけるだろう。そう、俺がいなくても。

不意に目頭が熱くなり、順平は自嘲気味に笑った。

「ん？　どしたの順平？」

「いや、何でもねーさ。ただ……」

「ただ？」

「ありがとうな」

「ありがとうって……？」

「お前がお前でいてくれる事に対してだよ」

はてな……と亜美は首を傾げる。

「で、まだ着かねーのかよ。お前の村には」

「あの坂道を登りきると下りに入る。その時に見えるはずだよ。妹ともしばらく会ってないし、本当に楽しみなんだよね」

「三年ぶりくらいだったか？」

「んー」と何かを考えるように亜美は掌を顎にやる。

「毎月仕送りをしてて、手紙のやりとりもしてるから完全に疎遠《そえん》って訳でもなかったんだけどね」

言いながら亜美はアイテムボックスを呼び出した。

ゴソゴソと中身を物色して、紙の束を取り出す。

「ほら、これ見てよ」

「手紙？　何百って量があるが……」

「私達を拾ってくれたおじいさんとおばあさんと、それと妹からの手紙。それぞれ月に二回、三回やりとりしてるから結構な量になっちゃってさ」

ズシリとした重量感の手紙の束を受け取り、順平は呆れ顔を作った。

「しかし……お前ら姉妹は本当に運が良かったんだな？」

「ん？」

「子供のいない老夫婦に拾われて……貧しかったかもしれないけれど、優しくされて一緒に生活してさ。こんだけ手紙も送ってくるなら本当に大事にされてたんだろうよ」

ハハっと亜美は笑顔を作った。

「確かに私達は大事にされて、それこそ本当の子供のように保護されてたかもしんないね。でも、凶作で食べるに困って私は家出して出稼ぎだよ？　それなのに……運が良かったって？」

順平は溜息をついた。

「出稼ぎは、お前が勝手にやった事だろう？」

「うん。あのままだと全員飢え死にが確定しているようなもんだったからさ」

「だったら、お前は恵まれているよ」

「私は妹と離れ離れになっちゃってるんだよ？　こんな世界に一人で妹を残してそれこそ心配で心配で……どうしてそういう風に順平は言い切れるの？」

心外だという風にキっと亜美は順平を睨み付けた。

「それでもお前は恵まれているんだよ。なんせ……俺の時なんて……」

「順平の時……順平がこっちの世界に来た時の事？」

聞かれて順平ははっと息を呑んだ。

そして、しまったな……という風に肩を竦めた。

「いや、何でもねえ。今の発言は気にするな」

しかし亜美は立ち止まり、順平の肩を掴んだ。

「ねえ順平、あんたには何があったの？　今……順平は何に怯えているの？」

「怯えてる？」

「ずっと……時間を気にしてるよね？　それに……夜中にうなされてるし……」

「……」

「何度も聞いているけど、本当に私にも言えない事なの？」

「……」

本来、亜美とはBランク選抜試験終了時点で別れておくべきだったと順平は思う。

体の関係を重ねれば嫌でも情は移る。

互いに初体験であれば尚更の事だろう。

けれど、順平は彼の地の迷宮に戻らなければならない。

仮に順平が迷宮内で上手く立ち回れたとしても、それは死出《しで》の旅路と同義だ。

情が移れば移る程に——それが今生《こんじょう》の別れとなるからこそ——別れは辛いものになる。

順平にとってもそれはそうだし、亜美にとってもそうだろう。

でも、それが分かりきっていても試験終了と同時に別れる事は出来なかった。

いや、出来るはずもなかったのだ。

順平からすれば、外で過ごす事が出来る時間は死ぬまでの執行猶予というニュアンスがある。

であれば残り少ない余生を少しでも実りあるものにしようとしたとして、人生を少しでも楽しもうとしたとして、誰が責める事が出来るだろう。

「……」

「……」

互いに無言で長い長い坂道を歩く。

数十分、あるいは一時間も歩いただろうか、しばらくすると坂道の頂上に辿り着いた。

「こりゃまた……変わった地形だな」

思わず順平は目の前の光景にそう呟いた。

小高い丘の眼下に広がっていたのは、海。そして陸地から少し離れたところに小島が見える。

その小島へとつながる一本の道は、両脇が切り立った断崖絶壁になっていた。海面までの距離は百メートル程。道幅は十メートル程だろうか。

小島自体も周囲は断崖絶壁。まるで海から浮かび上がったような島……と形容できるだろう。

「で、村はどこだ？」

「あの小島に集落があるの。小さい村だからここからじゃまだ見えないかな。もう少し歩いていけば見えてくると思うけど……」

「しかし、どうしてこんな地形に村なんてあるんだ？」

「まあ、アレは曰くつきの村だからね」

「曰くつきっつーと？」

「もともとね、私の村にはダンジョンがあったんだよ。一説によると、その関係であんな歪な形で、陸地が海から浮かび上がっちゃったらしいんだよね」

「ダンジョン……」

その言葉に、順平の顔から血の気が引いていく。

彼の地の迷宮とは別物だとは分かっていても、条件反射で様々な事を思い出してしまう。

「ん？　どうしたの順平？」

「いや、何でもねえ。話を続けてくれ。ってか……何でダンジョンがあったらあんな海から浮かび上がったみたいな地形になっちゃうんだ？」

「時とともに規模が巨大化していくダンジョンらしいんだよね。地下深くに深く潜っていくんじゃなくて、塔みたいに上方に伸びていく感じ？　ダンジョンとともに島自体も歪に隆起していって、今に至る。といっても、入口は海中じゃなくて、地上にあるんだけどさ」

「ふーむ……規模を巨大化ね。にわかには信じがたいが異世界は基本何でもアリだからな」

「で、アンデッド系のモンスターが闊歩《かっぽ》するダンジョンだったんだよ。そのおかげで……昔は私達の村は、腐敗した村って呼ばれてたらしいんだ」

「酷い言われようだなそれは？　アンデッドの棲みつくダンジョンが島にあったってだけなんだろ？」

「で、当然の事ながらそんな呼び名がついてるくらいだから、島外の村落からの差別も激しくてね。税金関係も理不尽に搾取されたり、大変だったみたい」

「オマケにアンデッドもダンジョンから這い出てきただろうし、踏んだり蹴ったりってところだろうな」

コクリと亜美は頷いた。

「だから、数百年前、村の人間達は一丸となってとある工事を行ったんだ」

「工事？」

「うん。ダンジョンの害を無効化する一大事業」

「ダンジョンの害を……無効化だと？　そんな事が出来るのか!?　どうやったんだ!?　どうやってダンジョンの害を無効化したんだっ!?」

声を荒らげる順平に、亜美は「あはは」と笑って応じる。

「って言っても話は物凄く単純なんだよ。ダンジョンへの入口の穴は一つしかなくて、そんでもって穴は小さかった」

「それって……」

肩透かしを喰らったように順平は脱力気味に肩を落とした。

「うん。大小様々な岩をたくさん持ち寄って、入口の穴を埋めたんだ。アンデッド連中にとってダンジョンの中は非常に棲みやすい環境だったみたいで無理矢理出てくる事もなくて一件落着ってなったんだよね」

「ダンジョンの無効化ってのでかなり期待したんだが損したぜ。そんなしょうもない話だったとはな」

「でもね。そこに住む人にとっては大事な事なんだよ」

真剣な眼差しを作った亜美に、順平はバツが悪そうに顔を顰《しか》めた。

「確かにそうだろうな。しょうもないってのは少し言い過ぎた。悪いな」

「分かればよろしい」

「しかし……」と順平は肩を竦めた。

「えーっと……腐敗した村だったたか？　ダンジョンを封印した事で、お前らの村は謂《いわ》れなき迫害から逃れる事は出来たのか？」

「まあ数百年も昔の事だからね。今は全然そんな事はないよ。ただ……名残はあるんだよね」

「名残？」

「アンデッドのダンジョンが近くにあったでしょ？　その関係で風習や言い伝えにいろんなものが残っていてね。ちょっとだけ他の村落の人間達とは考え方が違うんだ」

「考え方っつーと？」

「輪廻転生《りんねてんせい》って知ってる？」

「おいおい馬鹿にすんなよ？　日本に住んでて輪廻転生を知らないなんてありえねーだろうよ」

やれやれとばかりに順平は溜息をついた。

「まあ私達はそれは眉唾だと思ってるよね？　でも、あの村ではリアルに今でも信じられてる。他に黄泉《よみ》返りなんかも信じられてて……例えば火葬はご法度で土葬だし、村長なんかの地位の高い人達はご丁寧にもミイラにされてたりするんだよね。そのほかにも――」

そこで順平は頭を抱えてその場に屈《かが》みこんだ。

「痛っ……」

「どうしたの？」

亜美がそう尋ねた時、順平の頭の中に機械音声のアナウンスが響いた。

――不死伝承に関わる情報に一定以上抵触しました。核心に迫る情報のため、シソーラス値を5低下させると引き換えに記憶の再構築を行います。


「…………いや、ちょっと頭痛がな。それで？」

「謂れなき迫害って順平は言ったけど、すべてがすべて言い掛かりって訳でもないんだよね」

「ん？　どういう事だ？」

「今は一部だけの人だけど、昔は結構な割合の人達が邪神崇拝みたいな事をしてたんだ。だからアンデッドのダンジョンを封印する時にも実はすったもんだあったみたいなんだよね」

「邪神……崇拝？」

「ほとんど伝承上の魔物だけれど、ノーライフキングって知ってる？」

「知ってるも何も……」

自嘲気味に順平は笑った。

忘れるはずもない。あの迷宮で初っ端に血祭りにあげたモンスターなのだから。

「ん？　知ってるも何もってどういう事？　まるで会った事があるみたいな……」

順平は慌てて言い直した。

「そうじゃなくてだな、そんな有名な魔物を知らねー訳がないだろうよ」

「ああ、そういう事ね」

「で、ノーライフキングがどうしたって？」

「その魔物がダンジョンの最深部にいるって事で、邪神崇拝の信仰の対象だったんだよね。その魔物は特殊なスキルを持っていて――」

攻撃無効の事か……と順平は思う。

確かにあのスキルは神にも等しいシロモノで、弱点に気付かなければどんな強者でも決して勝利できない。

「――生と死。言い換えるのであれば復活と死亡を短期間で繰り返して、死という概念を完全に操る事が出来たみたいなの。だから死を司る邪神を崇拝すれば、黄泉返りや輪廻転生の力を授かる事が出来ると……まあそう言った理屈ね」

ドクンと順平の心臓が波打つ。

そして先ほどのリピートのように脳内に機械音声が流れた。

――シソーラス値が１０低下。ノーライフキングの特殊スキル【攻撃無効】の原因に対し、現在までの情報で自身の状態の核心に迫る考察に行き着く可能性があるため、再度記憶の再構築を行います。

音声が頭蓋の中に響くと同時に、先ほどよりも痛烈な痛みに順平は表情を歪めた。

不思議そうな顔をする亜美に気付き、順平は努めて平静に言った。

「迷宮の最深部に潜む伝承の魔物……ね」

「まあ、ただの伝承って話だから本当にいるかどうかは分からないけどね」

「伝承……」

と、そこで順平は亜美に尋ねた。

「勝手なイメージだが、迷宮の最深部っつったらボスと財宝ってのはお約束だよな？」

「勝手なイメージじゃなくて、この世界では迷宮って言ったら最深部にはボスがいて財宝があるのが一般的だね」

どこまでもゲーム的だな……と順平は笑った。

「まあ、ステータスがあるような世界だから当たり前っちゃあ当たり前か。で、件《くだん》のアンデッドの迷宮の最深部にはノーライフキング以外に何の財宝があるんだ？」

「さっきの邪神崇拝の話に戻るけど、そこが信徒達の心を強烈に惹きつけたんだよね」

「ん？　どういう事だ？」

「不老不死を司るというアーティファクトがあるって話――」

そこで順平の視界が突然にブラックアウトした。

続けて周囲の音が一切聞こえなくなり、臭いも感じなくなる。果てには太陽の温かみや風を感じる触覚機能も含めて一切の感覚が消失する。

視覚。

聴覚。

嗅覚。

触覚。

味覚。

五感の全てが消え失せ、上下のない無限に広がる暗闇の中に放り込まれたように順平には感じられた。

一面の黒色。頭の中で極大のアラーム音が鳴り、同時に機械音声が流れた。

――エマージェンシー。核心に触れました。武田順平の魂に刻み込まれた本来の能力の一部を解放する事と引き換えにシソーラス値を再度初期状態に戻します。

次の瞬間に順平の視界には亜美がいた。

「ねえ順平？　大丈夫？」

「いや何でもねえよ……」

しかし……と順平は眉間に手をやる。

脳幹が疼《うず》く感覚。

何かが変だ……そもそもと順平は思う。


――俺はどうして……亜美にこんなに簡単に惚れたんだ？　いや、どうして俺はこんなに簡単に亜美に気を許した？


木戸や紀子達に嵌《は》められ、それ以外にも人間の悪意に何度か痛い目を見ている。

なのに何故あんな簡単に俺は亜美と体を重ねたんだ？

性行為の最中や事後なんて最も無防備で、まさに寝首をかくには一番の好機で……

確かに、結果的には亜美はそんな事をする女じゃなかったけど、あの時はギルド試験の最中で、亜美の事なんてロクに知らなくて……そんな危険な事をどうして俺は……

「………………」

黙りこくる順平の顔を、亜美は心配そうに覗き込んだ。

「本当に大丈夫？　顔色物凄く悪いよ？」

亜美の言葉で順平は我に返る。

そして苦笑しながら言った。

「この世界に来てから、たまに頭痛がするんだ。気にしないでくれ」

「うーん。平和ボケした日本からこんな世界に来てしまった精神的ストレスって奴？」

「そういう事なんだと思う」

「ああ、ストレスって言ったら私も生理不順が酷くてね」

「そりゃあそうだろうよ。まともな神経してれば、こんな世界に来ちまったらストレスで体のどっかに変調をきたして当然だ」

亜美は意地悪く笑った。

「でも、ここ二か月くらいの生理不順は順平が原因かもしんないよ。今月二週間も遅れてるし」

呆気にとられた表情で順平は大口を開いた。

「えっ!?」

その場で固まって冷や汗をかきながら順平は亜美に尋ねた。

「……マジなのか？」

すると亜美は腹を抱えて笑い始める。

「ははは っ！　嘘に決まってんじゃん。順平は絶対に外に出すしそうそう簡単に出来たりしないよ」

その言葉に、順平は安堵の溜息をついた。

「そういう嘘は肝が冷えるからマジで止めてくれ。洒落にならん」

しばし考え込んで順平は首を左右に振った。

「つっても避妊してても出来る時は出来るっつーしな……ちょっといろいろと考えないといけねーな」

「考えるって何をよ？」

「何をって言われても……」

窮する順平を見た亜美は、意地悪く笑った。

「私とするのを躊躇《ためら》ってるの？　じゃあ今夜から止めとく？」

「……」

「止めとこうか？　いろいろ考えなきゃいけないんでしょ？」

「……」

「うん、そうね。順平も思うところがあるみたいだし、やっぱり止めとこう」

「…………いつもより早めに抜いて、そこから外に出すという形でお願いします」

満足げに頷いて亜美はポンと順平の肩を叩いた。

「素直でよろしい」

トホホとばかりに歩き始めた時、順平は異変に気付いた。

「おい、お前らの村ってあそこでいいのか？」

「うん。そろそろ見えてきたね。その方向で間違いないって……え？」

視線を上げたと同時に、亜美は絶句した。

その方角には、小さな村と田畑。ただし、村のところどころから燻《くすぶ》った煙が上がっていた。

二人は頷き合うとそのまま坂道を駆け下り始めた。

近付くにつれ、状況がより正確に分かってくる。

村の建物は大体が燃え尽きたあとで、燃えていない家屋は散々荒らされたあとだと分かる。

「何で？　何……で？」

亜美の言葉に順平は応じず、今にも崩れ落ちそうな彼女の肩を支えながら走る。

今現在、順平達が把握した村の状況を一言で形容するならばこうだ——

——つまるところは壊滅、と。

第四章　ダンジョンシーカー2

迷宮内。昼下がり。

俺とお嬢ちゃんは湖畔《こはん》に立っていた。

湖の大きさは五十メートル四方ってところだな。湖というよりは、どちらかと言えば池に近い印象だ。

対岸には栗の木の森が広がっていて、後方には安全地帯とともに砂漠が広がっている。

ってていうか栗の花特有のザーメン臭がキツイ。

「これまた早い階層でクラーケンが出たね。現在三階層だというのに」

「ん？　どういう事だ？」

「五階層から先ってのがセオリーなんだけど……うーん……ランダム要素の気まぐれだろうね」

「だからどういう事だって聞いてんだが？　お嬢ちゃんは本当に俺に何も教えてくれねーのな」

「説明してもボクにとってはあまり意味がないんだ。だからボクはキミには最低限の事しか言わない」

ったく、本当に秘密主義だよな。

このお嬢ちゃんとは迷宮の二階層で出会ったんだ。

とんでもねえ強さでマンモスビートルの群れを一蹴しちまったんだから、さすがの俺も舌を巻いたね。

で、教えてもらった重要な事は本当に少なくて二つしかない。

一つは【物理演算法則介入】のチートスキルって奴がこの迷宮の深層域では当たり前に使われているという事。

そして、もう一つは深層域に攻略グループがあって、そこのリーダーである大賢者がそのチートスキルをバラまいているっていう話だった。

あとは、互いに日本人である事くらいしか聞いちゃいない。

が、しかし、俺にとって大事なのはただ一つだ。

このお嬢ちゃんはとんでもなく強い、そして同行させてもらえている俺は幸運だって事だな。

それだけ生存確率が上がったのは間違いねーんだから。

「で、クラーケンだったか？」

「ああ、クラーケンだね。あそこにいる」

そう言うとお嬢ちゃんは森の方向を指さした。

「本当に言葉が足りない奴だな」

「ん？　また言葉が足りなかった？　まあ別にそんな事はどうでもいいじゃないか。ここでちゃんと説明してもやはり大した意味はないだろうから」

まず、クラーケンってのはイカの化け物だ。であれば、湖の中にその化け物がいるという推測になる。

だがお嬢ちゃんは池の向こうに広がる森の方角を指さした。

湖も確かに森の方角に含まれているんだが、普通は森の中に魔物なりが潜んでいると思うだろう。

クラーケン＝イカという前提は俺でもかろうじて分かったが、何故森を指したのかはやっぱりよく理解できない。

このお嬢ちゃんは終始こんな感じなのだ。社会人として世に出れば残念な奴の烙印《らくいん》を押されるのは想像に難《かた》くない。

つっても、俺もニートを長くやっていて社会に出た経験っつーか、働いた経験なんてねーんだけどな。

という訳で、とにかく困った時の【鑑定眼】だ。それでようやく、俺はお嬢ちゃんの言っている事を理解した。なるほど、確かに湖でもあり森でもある。

「で、お嬢ちゃん、俺達はこれからこのクラーケンをぶっ殺すと？」

「イグザクトリィ」

何故にそこだけ英語？

とは思うが、基本的にこのお嬢ちゃんは不思議ちゃん的な感じなのでツッコムだけ無粋《ぶすい》だろう。

「で、相手は湖の中だろう？　どうするつもりだ？」

「決まっている。物理演算法則に介入するんだ」

彼女は掌を湖に向けて、よっこいしょっと軽く言う。

ただそれだけで――湖の水がゆらりと浮かび上がった。

いや、俺にもどう表現していいかよく分からねーんだ。

ぐにゃぐにゃと渦潮《うずしお》が出来て、文字通り浮かび上がった。


――もう、俺の頭はパニック状態ですわ。

巨大な穴になった湖。

そして、その十メートル上方には水の塊が浮かんでいる。

どうもクラーケンは湖底付近に潜んでいたようだ。水の塊を下から見るとその姿がはっきりと視認できる。

ってか、それはいいとして、湖の広さは五十メートル四方、深さは十メートルを超える。

重さにすると何万トンっていう単位の水だ。

これは水の塊っていうか、むしろ島だな。

「ハハハ……」

思わず笑い声が出た。

それも無理はないだろう、空中にそんな巨大質量が浮いていたんだから。

馬鹿げているってレベルじゃねーぞこれは……

「お嬢ちゃん……何をやったんだ？」

畏怖《いふ》の混ざった声で尋ねた。いや、それどころか俺の体は震えてすらいる。

「重力係数に介入した」

「……？」

「なあに話は非常に単純だ。湖周辺の重力係数を……マイナスにしただけだよ？　それも非常にゆるやかなコンマ以下の単位でね。重力が逆に働く訳だから、水の島はしばらくゆるやかに上昇を続けるだろう」

　いや、理屈は分かる。

　物理演算法則に介入するとは事前に説明を受けた。だから理屈は分かる。

　でも、こんな光景を見せられても到底納得できるはずがない。

「どんだけ無茶苦茶な事をサラっとやってやがるんだって言ってんだよ?」

「ああ、その事か」と、お嬢ちゃんは掌をポンと叩いた。

「まあ、確かにこれは大技だね。普通に使えるようなものではない」

「大技にしてもこれはいくらなんでも……」

「なんせ……マイナスの掛け算は演算法則に介入するまでの時間がかかりすぎるし、何よりも脳の負担が酷い。深層領域での戦闘ではとても使えるような代物ではない」

　お嬢ちゃんが何を言っているのか俺にはサッパリ分からん。

　いや、そもそも俺はそういう事を聞いた訳ではないんだが……

　まあいい。

「で、どうすんのこれ?」

　俺の指の先。

　クラーケンを含んだ水の島は徐々に上昇している。

「ああ、その事ね」

ニコリと笑ってお嬢ちゃんは先ほどから突き出していた右掌を勢いよく握り込んだ。

「散っ！」

言葉と同時に水の塊が弾け、周囲にスコールよろしく強烈なシャワーが降り注いだ。

そして巨大イカ——クラーケンはそのまま宙に放り出される。

かつて湖畔だった穴の中に、クラーケンは投げ出された。

当然の事ながら水はほとんど残っていないので、巨大イカはゲソをバタバタとさせながらのたうち回っていた。

「さて……」

それだけ言うとお嬢ちゃんはクラーケンに無造作に歩み寄り始めた。

まるで、ハイキングに行ってきますよという風な軽やかな足取りだ。

水を求めて暴れ回るクラーケン。

地中に投げ出された事で動きは制限されたが、その巨大質量と武器であるゲソは健在だ。

四方八方からゲソがお嬢ちゃんに向けて飛び交ってくる。

「よいしょっと」

一回。

二回。

三回。

四回。

五回。

六回。

途中、何本か足をまとめて切った。

結局、都合六回で全てのクラーケンのゲソは切断された。

話は変わる。

イカの食べ方の話だ。

スルメや一夜干しを想像してほしい。

この系統ってのはカラシマヨネーズが一番美味いと思う。

確かに七味マヨネーズって食べ方もあるが、酒に合うのはカラシマヨネーズだろう。

まあ、俺は下戸《げこ》なんだがな。

と、俺がそんな感じで本当にどうでもいい事を考えている間に、お嬢ちゃんはクラーケンの胴体の急所に一撃を入れていた。

的確に急所に入ったようで、イカはグッタリと力なく項垂れて動かなくなった。

すると、お嬢ちゃんはイカを内臓《ゴロ》と胴と耳とゲソの部分に解体し始める。

「お嬢ちゃん？　どうしたんだ？」

「ん？」

しばし考えて、お嬢ちゃんは言葉を続けた。

「塩辛を作ろうと思うんだ。塩の残量が心もとないから少量だけだけどね」

「塩辛？」

「ボクの好物でね。アイテムボックスに米のストックはあるし、熱々のご飯に載せれば非常に美味しい」

「おいおいお嬢ちゃん……魔物を生で喰う気かよ？」

「いや、普通に美味しいよ？　特にクラーケンの塩辛はアミノ酸の配合が絶妙なのか旨味がとんでもない事になっている」

「美味しいよ？」と純粋な笑みで言われても正直困る。

俺の反応を見たお嬢ちゃんは、見る間に表情を険しくしていく。

「そもそもだね。別に刺身にして食べるという訳でもなく、塩辛にしている訳だからね？」

「何が言いたいんだよ」

「生で食べるという言い方は若干心外だ。人を野蛮人か何かのように……一応ボクはレディなんだよ？」

「……」

「ん？　どうしたんだい？」

「お嬢ちゃんにもそういう感情があったのか？」

「キミは失礼な奴だなぁ。今までボクの事をどういう風に思っていたんだい？」

つっけんどんな態度と凄惨な殺し方から、冷血なイメージしかない。

が、どうやら可愛い部分はあるようだ。

「まあ見た目もそこそこ可愛いし、普通にしてりゃあモテるとは思うぜ？」

「……」

「ん？　どうした？」

見る間にお嬢ちゃんの頬が朱色に染まっていく。

「可愛いとか言われると……少し照れる。そういう風に言われるのは苦手なんだ。出来れば今後そういう発言は控えてもらいたい」

真っ赤な顔で相当キョドりながらお嬢ちゃんは言った。

途中、若干声が裏返っていたが「あ、ちょっとマジで可愛い」と思ってしまった。

お嬢ちゃんの見た目は十六～十八歳くらいか？　言っておくが、俺はロリコンではない。

可愛いと思ったのはあくまでも姪《めい》っ子を見る叔父の視点に立った場合での話だ。

コホンと咳払いをした後にお嬢ちゃんが問いかけてきた。

「ねえ、キミ？　少し話を聞いてくれるかい？」

「なんだ？」

「……お願いがあるんだ」

「お願い？」

可愛いと言われて赤面……そしてその流れからのお願いか。

はっはーん。

こいつ、俺に惚れやがったな？

このくらいの年頃の女の子ってのは、ちょっとしたキッカケで妙に異性に関心を持ったりするものだ。

それも相手が年上となれば、確かに意識せざるを得ないだろう。

しかし、この場合は問題がある。

さっきも言ったが、そもそも俺はロリコンではない。

それに十八歳未満と性行為ってのは本当にいろいろと不味《まず》い。

何しろコトに及んだ場合、現代日本ではヘタすれば法に反するのだ。

けれど、ここで俺は一言言いたい。

そもそも結婚自体、女子は十六歳から出来る訳だ。

前から思っていたんだが、何ていうか……この制度には様々な矛盾を感じるのは俺だけだろうか。

十六歳と結婚は出来るのに、十六歳との性行為は禁止という大いなる矛盾。

もちろん保護者さえ認めていれば、十六歳と結婚も出来るし、性行為も可能だろう。

では、仮に愛しあっていても保護者が知らないと性行為は出来ないという事なのか？　そもそも結婚しないで性行為が出来るのか？

うーん。

考えれば考えるほどに頭が痛くなってくる。

俺とお嬢ちゃんの話に戻そう。

大前提としてここは日本ではなく異世界だ。

割と何でもありの世界なので、結婚の年齢だの十八歳未満との性交渉は禁止だのなんていう事はない。

そういった意味では、余計な事を考える必要もない。

でも、俺はロリコンではない。

けれど、お嬢ちゃんは可愛い。

うーん。まあ、そうだな。

お嬢ちゃんが俺に真摯な気持ちをぶつけてくれるなら、真剣に考えよう。

清く正しい交際から始めるのであれば考えない事もない。

「愛の告白ならノーサンキューだぜ？　俺の守備範囲は十八歳以上だ」

とりあえずここで一度突き放してみる。

俺はお嬢ちゃんの真剣さが見たいんだ。

その上で食らいついてくるようであれば見込みはある。

さて、どう出るお嬢ちゃん？

俺の視線を受け、お嬢ちゃんは真剣な眼差しで言い放った。

「ボクはキミと色恋沙汰になる気は欠片《かけら》もない」

バッサリ斬られた。

「何言ってんだこいつ？」的な、ちょっとおかしい人を見るような視線が痛い。

「いや、でも嬢ちゃん？　お願いって……」

「お願いというのはだね、ちょっと手紙を残して欲しいという事なんだ」

「手紙？　そりゃあまたどうして？」

「キミは【過去視】でいろいろと見えるだろう？　次に来る冒険者のために攻略のヒントを残しておいてほしいんだ」

「へえ……」

「どうしたんだい？」

「お嬢ちゃんは自分と、そして自分の役に立つ人間しか興味がないと思っていた」

俺の言葉には応じず、お嬢ちゃんはただ儚げに笑った。

「……さて行こうか」

「次の階層に向かうのかい？」

「いいや違うよ」

ふむ。

クラーケンは倒したし、先ほど手際よくイカの切り身を陰干しして、内臓《ゴロ》を塩に漬けていた。

確か塩辛の作り方ってのは、二、三日内臓の水を塩で抜く。

んでもって、軽く乾燥させた切り身と混ぜあわせて更に数日置いて発酵させるらしい。

この階層でしばしゆっくりして、その作業を終えてから次の階層に進むつもりなのだろう。

「駆け足で潜ってきたからな。この階層でしばらく羽を伸ばすのはアリかもしんねーな」

「羽を伸ばす？　キミは何を言っているんだ？」

「ん？」

「人間が二人いるんだ。正確に言えば……子供もね」

まったく気付かなかったが、後方の砂漠を見ると少し離れたところに小屋が見える。

そこには三十代と思わしき赤髪の女が、小屋から出てこちらの様子をおそるおそる窺っている。

湖が浮かび上がったのだから、その反応は当然だろう。

装備からすると魔法使いだな。それも外の世界の基準からすると最上位クラスだ。

「一人はあの女か？」

「そう」

「もう一人は？」

「ここからは見えないが、森林地帯にも小屋がある」

「……で、どういう事だ？」

何かを思い出すように彼女は瞳を閉じる。

やがて鉄仮面のようないつものポーカーフェイスを微かに崩した。

「砂漠に住むのは凄腕の魔法使い。そして森に住むのは凄腕の剣士……だったはず。両方ともにSランク級冒険者で表の人間としては最高位クラスだね」

「話が読めないいな？　だからどういう事なんだ？」

「経験値が足りないんだよ」

どこまでも冷たい、凛とした声色に俺の背筋に嫌な汗が流れた。

「経験値が足りないってお前……」

「深層領域での戦闘になると、物理干渉能力の得手不得手がモノをいうけれど……それでも本当の本当の最深部では物理干渉の力は意味をなさない。最近その事を知ってね。だからボクは……」

そしてやはり冷たい声色で彼女は続けた。

「少しでも経験値になるのなら、出会う者は皆殺しと……少し前に決めたんだ」

——そうして俺は一家惨殺を目の当たりにする事になった。

第五章　妹の行方

▼
▼
▼
▼
▼
▼

「村が……壊滅している。どういう事なんだ亜美？」

「そんな事、私が聞きたいわよっ！」

半狂乱になっている亜美とともに順平は駆ける。

亜美の目は血走っている。鼻息が荒いのは走っている事だけが原因ではないだろう。

「おい、亜美落ち着けよ」

「これが落ち着いてられるかってのよ！　こっちは妹をあそこに預けてんのよ？　アンタはそりゃあ部外者だから冷静でいられるだろうけど……とにかく急ごう！」

自らの失言にすら気付かない程、亜美は冷静さを欠いていた。

亜美の言葉通り、順平はどこまでいってもこの村に関しては部外者だ。

が、それをこの状況下で順平に言っていいものかどうかなど子供でも分かる。

とはいえ……と順平は思う。

亜美の頭を冷やすのは無理そうなので、ともかく自分が冷静にならなくては……と。

亜美の妹である坂口なずなの顔は見た事もない。

同じく、亜美がよくしてもらったという老夫婦についても当然面識がない。

順平にとって亜美は大事であるが、残りの連中は現時点ではオマケに過ぎない。

それでも亜美にとって大事なのであれば、イコール順平の庇護下に置かれる事も意味する。

「ともかく……急がねーとな」

遠くから見た限りでは、村の民家が破壊され焼かれていた。

何らかの形での暴力に晒されたのは間違いない。

魔物や野生の獣であれば、農作物と穀物庫を重点的に荒らすはずだ。

だが、そのあたりの被害はまったくなかった。

可能性としては、武装した強盗集団に襲われたか、あるいは国同士の戦争に巻き込まれたか。

だが戦争での被害ならば食糧である穀物庫も荒らされていた事だろう。

「と、なると野盗の類だな」

民家に押し入って、若い女と金品を攫《さら》っていったという話が一番しっくりとくる。

強盗稼業は疾風迅雷《しっぷうじんらい》を旨とするのが基本だ。

風のように現れ、風のように殺し、風のように奪って、風とともに去る。

逃走にモタつくと拠点を発見されてしまう。

そうなれば冒険者ギルドの賞金稼ぎが駆け付ける事になるし、最悪の場合は国営の騎士団が介入してくる可能性もある。

従って逃走時、大して金にならない小麦が詰まった重たい麻袋を荷馬車に担ぎ込む馬鹿はいない。

「順平？」

「何だ？」

「もうすぐ着く」

坂道を駆け抜ける。

かなりの傾斜だ。それを猛烈な速度で下っていく。

村に近付くにつれて、何かの焼け焦げた臭いが強くなってくる。

アウトドアの焼肉のあと、燃え尽きた炭に水をぶっかけた時の、あの臭い。

森が徐々に開け、民家がポツポツと道の脇に見えてきた。

「お前の家はどこだ？　どっちに行けばいい？」

「私が先導するから」

亜美に追随して更に進む。

村の中央に近付くにつれ民家の密度が増していく。焼き討ちされた家屋も目立ってきた。

むせ返るような焼け焦げた臭いの中、嗅ぎなれたモノが混じり始め順平は舌打ちした。

「やっぱりこれは……襲撃されてるな」

「うん。血と肉の臭いだね」

蒼ざめた表情で亜美は相槌を打った。

と、そこで亜美は二股になった道を右手に曲がる。

左手のほうが民家の密度が更に増していたように見える。おそらくそちらが村の中央方面だったのだろう。そこを敢《あ》えて寂れたほうに曲がったのだから——そろそろ亜美の目的地か。

「羊達……が……」

亜美は絶句する。

彼らの進んでいる道は丘へと続いている。丘では放牧とばかりに羊達が思い思いに草を食《は》んでいた。

「そう言えば、お前の面倒を見てくれたお爺さんってのは、酪農と小麦の混合農業をやってたんだっけか？」

「……ア……ぁ……」

亜美はそこで足を止め、その場で崩れ落ちそうになる。

が、何とか堪え、弱々しく歩き始めた。

順平は大体の事情を察し、首を左右に振った。

「おい、亜美?」

「……何?」

「本来は家畜小屋か何処かで厳重に管理されているはずの家畜が放たれてるって事なんだよな?」

「……そういう事ね」

「このまま家を確認しにいけば辛い光景を見る事になると思うが、本当に現場に向かっていいのか? 心の準備は……」

亜美は溜息をついた。

「ええ、このまま向かうわ。心の準備なんて……斬った張ったの世界に身を置いた時に終わらせてる」

「それならいい」

「うん。今……大事なのは迅速性。誰が死んで誰が生きているのかをまず確認する。そしてその上で最適な行動を取る」

順平は亜美の頭に掌を置いて乱暴に撫でた。

「ああ、それでいい。十分冷静じゃねーか」

「まあ、身内の全滅っていう最悪の状況まで見えたからね。逆に覚悟は決まったわ」

「それじゃあ行こうか」

と、再度二人が駆け出そうとしたところで、彼らを呼び止める声が聞こえた。

「アミ……亜美ちゃんかい？」

「コーウェズさん？」

見るとそこには四十代の小太りの男が立っていた。

かなり禿げ上がっているが両サイドは長髪だ。

日本人が見れば、その姿に落ち武者を重ねた事だろう。

「コーウェズさんっ！　あの……ウチの妹と……おじいさんとおばあさんは？」

亜美はすぐにコーウェズに駆け寄ると詰問するようにそう尋ねた。

「亜美ちゃん……丘の上の君の家はまだ確認していないんだね？」

「……」

無言で亜美は頷くと、コーウェズは彼女をギュっと抱きしめた。

「見ないほうがいい。野盗の連中……あの殺し方は……あまりにも酷い。爺さんと婆さんは……」

「………」

長い長い沈黙。

やがて亜美は震える声を押し殺すように、不自然に平坦な声で尋ねた。

「……妹は？」

「野盗が現れたのは三日前の事だ。恐らくだが爺さんと婆さんは……なずなちゃんを守るために抵抗したんだと思う。だから念入りに頭を潰されて……」

「……だから……妹は？」

「若い女は、全て攫われたよ。金目のものと一緒に根こそぎ、一切合財ね。無事な連中は村外れの森に避難しているよ。男八割、女六割が無事ってところだね」

「攫われたって事ですか？」

「そうなるな。でも悪い事ばかりではない。奴らは田畑は荒らさなかった。穀物庫も大体無事だ。これなら何とか冬は越せる……」

「…………」

一部始終を無言で聞いていた順平は溜息とともに尋ねた。

「で、オッサンは何で助かってるの？」

「ん？　君は？」

「ああ、俺は亜美の旅の連れだよ。で、もっかい聞くけど……どうしてオッサンは生きてるの？」

「……？　野盗集団は抵抗さえしなければ無駄には殺さないよ。金にもならない事をして賞金首としての懸賞金を上げたくないだろうしね」

「んー……質問の意図がイマイチ伝わってねえみたいだな。俺は女や子供が攫われてるのに――なんでオッサンは指を咥《くわ》えて無抵抗で見てたのかって聞いてるんだが？」

　そこで中年男は目を見開いた。

「俺達みたいなただの農民に野盗に抵抗しろだって？　君は俺がまともに武装集団に抵抗できると思うかい？」

「残った男は八割なんだろ？　だったら男でも二割、戦った連中がいるんだろうよ。亜美の身内の爺さんも含めてさ」

　そこで亜美は順平の肩に手をやった。

「止めて……」

「いや、でも……」

「いいから止めて。戦う力を持たない者が、戦わないという選択肢を取るのは悪い事じゃない。そこは責めちゃ……ダメだよ」

　順平は顎に手をやって空を見上げた。

　かつて自分は木戸達に苛められていた。

あの時、彼等に抵抗していたら何かが変わっていたのだろうか……

特に木戸は今思えばサイコパスと呼べるレベルで頭がぶっ壊れていた。

変に抵抗していたら、それこそ殺されて富士の樹海にでも捨てられていたのではないかと……思わない事はない。

イジメに対する手段として、嫌な事は嫌とはっきり伝えるやり方がある。

あるいは理不尽な暴力を受けたなら、負けてもいいから殴り返すという手段もある。ノーリスクで無抵抗の人間を苛めるから面白いのであって、死ぬ気で反撃される可能性がある相手を、遊び半分で苛める事はそうそう出来ない。

確かに二つとも非常に有効な手段だ。

けれどそれは相手が普通の人間である事が前提である。

この世界の住人のように、道徳観というものが欠如し本当に頭がイカれている人間が相手となった場合……暴力に晒された際に対応を間違えれば、イコール死亡だ。

そう考えれば、亜美の理屈も分かった。そして順平自身も、中年男がどういう行動を取れば正解だったのか分からなくなった。

「とにかく……モタモタしている暇はねえ。いくぞ？」

順平は亜美の手を引き、丘とは逆方向の道を歩き始めようとした。

「え？　でも……お爺さんとお婆さんを埋葬《まいそう》しないと……」

「オッサンの言う通り、今、現場の確認はしないほうがいい。埋葬はあとだ」

「……でも」

「死んだ人間は死んだ人間だ。そんな事よりも優先すべき事がある」

亜美はそこで眉間に皺を寄せた。

「死んだ人間は放っておけばいいって事？　それは酷いんじゃないかな？」

「そういう訳じゃねーよ」

「じゃあどういう訳っていうのよ？」

「一秒経過するごとにお前の妹は汚れていくんだ。だったらそんな事してる場合じゃねーだろ？この世界に坂口姓は二人しかいない。坂口亜美と坂口なずな……たった二人の姉妹なんだろうがよ？」

「そりゃあそうかもしれないけど、どこにいるかなんて分かんないじゃん……！　分かってるならすぐに動くけど……」

項垂《うなだ》れる亜美の肩に順平はポンと手を置いた。

「お前も勉強しねえ奴だな」

「……ん？」

「ここ最近、俺らは異常な速度で賞金首達を壊滅に追いやっただろ？」

「うん。私も一緒にやってたからそれは分かるよ」

「その時に一番役に立ったのはなんだ？」

「そりゃあまあ順平の異常な戦闘能力じゃない？」

そこで順平は首を左右に振る。

「賞金首を狩るために一番大切なのは強さじゃねえだろうがよ……」

「どういう事？」

「情報収集と索敵能力だろ？　コソコソ逃げ回っているならず者集団には、そもそも出会う事が難しいんだからさ」

「そう言えば順平は結構な範囲内の索敵が出来るんだよね。スキルでそれをやっちゃうんじゃなくて、尋常ではないステータスで……何となく周囲の状況が分かっちゃうんだからさ。まったく呆れるほどにチートな能力だよね」

「ああ、そんでもってさっき村の異変を視認した瞬間から索敵のスイッチはオンにしている」

「何が言いたいの？」

「だから言ってんだろ？　急ぐぞってさ」

青くなっていた亜美の顔色に、微かに希望の色が浮かんだ。

「それってひょっとして……」

ああ、と頷き、東の方角を指さして順平は言った。

「目星はついてる。何を考えているのかは分からんが、さっさと遠方にトンズラかます訳でもなく……連中は近くで野営しているようだ」

言葉を聞くや否や、亜美は東の方角に向けて駆け出した。

「早く行くよ順平！」

亜美の後ろ姿を見ながら順平は呆れ顔で呟いた。

「ったく、切り替えだけは早いよな……まあ、亜美っぽいっちゃあ亜美っぽいか」

順平は亜美に追走する形で走り始める。

と、そこで順平は思った。


――今日は索敵の調子がいい。いや、範囲がいつもより確実に広い。


それに妙に体が軽い。

背負った大量の旅装も、いつもよりも確実に軽く感じた。

何となく気になり、順平は懐に手をやってステータスプレートを取り出した。

「なんだ……こりゃあ……？」

プレートに目を落とし、そのまま絶句した。

足も止めて呆然と立ち尽くす。

「全ステータス……プラス２０００だと？　一体全体……何がどうして……？」

困惑する順平だったが、二百メートル程前方から亜美の大声が聞こえてきた。

「モタモタしてたら置いてっちゃうから！」

「……」

「早く来なさい！　道案内なしでどうやって殴り込みをかけろって言うのよっ!?」

確かに状況は一刻を争う。

「何が起きているかを考えるのはあとにしよう。今は……亜美の妹を救出する事が最優先だ」

そう独《ひと》り言《ご》ち、順平は疾風の速度で亜美に向かって走り始めた。

▼　▼　▼

夕暮れの森の中。

とある崖に、巨大な洞窟の入口があった。

洞窟の入口前では火が焚《た》かれ、周囲には大型のテントが幾つか張られている。

野盗の集団の規模は四十名といったところで、焚き火を中心に下っ端用の六人用テントが五つ。

残りの幹部級の人員は、清掃した洞窟内に木材を持ち込み、簡易なコテージを作っている。

簡易とはいえ、住居としてはそれなりの水準だ。

最初のうちに徹底的に洞窟内を煙で燻《いぶ》しているので、虫の心配はない。雨水の流入がない事も事前に確認済みだった。

間仕切りもあれば個室もあり、アウトドアの仮住居である事を考えれば十分に贅沢な部類と言えるだろう。

「しかし痩せたガキだな」

焚き火を背に、痩せた男がそう言い放った。

背が高く、見た目の印象はどことなく枯れ木を思わせる。

彼の視線の先には、体を震わせながら三角座りをして目を伏せている少女がいた。

「まったくだ。若い娘で見た目がまともなのは四人。その内の一人はこんなガキときたもんだ。他のブスどもは売り物にしても二束三文だろうし、味見をする気も失せるようなレベルだ」

痩せた男と小太りの男――そして少女が一人。

男二人は文句を言いつつもベルトをガチャガチャやり始める。これから何が起きるのかは、推して知るべしだろう。

「しかし見たところ、初潮が来たばかりかどうかって感じだろう？」

痩せた男がそんな悪態をつくと、小太りの男が諌めるように言った。

「つっても、他の三人は散々いたぶって壊れかけでしょうに？　あれ以上やっちまって壊しちまうと姉さんにドヤされますわ」

「姉さんね……。頭目の情婦だからって調子に乗りやがって。大体あいつがここに来たのなんてちょっと前の話だろう？」

「あっしらがノーチラスさんのところから出戻りした時には、幹部面《づら》してふんぞり返ってましたね」

「昔から頭目は女には甘いからな。まあ飽きたらすぐに酷い捨て方をするから、どうでもいいっちゃあどうでもいいが……」

「マールの姉さんの時は酷かったっすね。頭目に新しい女が出来た瞬間、俺ら全員に輪姦《りんかん》されて、最後には奴隷商に売り飛ばされたんだから」

そこで男達は下卑た笑い声を上げた。

「まあそういう事だな。今は偉そうにしてても、すぐに俺らのところに回ってくる。偉そうにしてヘイトを貯めれば貯めるだけ、その時に燃えるってもんよ」

「ええ、その通りですねアニキ」

「ところで……お前聞いたか？　俺らの兄弟の話」

「兄弟？」

「ウチから独立したナーシャルのオジキのところだよ。死神にやられたらしいな」

そこでポンと小太りの男は掌を叩いた。

「死神……最近やたらめったらあっしらの同業者を潰し回っているっていう奴ですかい？」

「ああ。男と女の二人連れだ。男は必中の投げナイフを扱い、女は何だか良く分からない筒みたいな武器を使うらしい――これまた百発百中で体に穴を開けられちまう」

「ノーチラスさんとナーシャルのオジキが立て続けに壊滅ですか。ケルベロスと死神……考えるだけでツキが落ちますね」

「とはいえ、まだ死神のほうがマシだろうぜ。お前も見ただろ？　あのケルベロスの集団と殺戮《さつりく》現場をよ。Aランク級冒険者相当のノーチラスさんが一撃で肉塊だぜ？」

「へえ。あっしみたいなのがあの場から逃げおおせられたのは……本当に幸運でした」

そんな風に言ったあと、小太りの男は「いや」と首を左右に振った。

「シケた話をしてたら、本当にツキが落ちますぜ？」

「ああ、違いねえ」

二人は再度下卑た笑みを浮かべる。

「って事で、まあ……そろそろ楽しみましょうやアニキ」

ただひたすら地面に目を落とし怯える少女の――震えがさらに強まった。

「しかし黒髪か……珍しいですね」

「ああ、奴隷としては高く売れるな。娼館でも高級街に売られていくだろう。まあ、イロモノ担当だろうが、見た目も悪くねーし上玉なのも間違いねえ。そんな奴のハツモノを味わえる俺らは役得と言えば役得なんだが……」

「アニキ……まだその事が不満なんですかい？」

「ああ、俺は今でもあんなシケた村を襲うなんて反対だよ。俺らはAランク級の賞金首だぜ？　上手くすれば辺境の地方領主程度なら攻め滅ぼせる戦力だ」

「そこは仕方ねーんじゃないですか。なんせ、お頭の狙いは別にあるみたいなんですから」

「とりあえず今回は半壊程度で済まして領主の出方を見る……だったか？　領主の腰が重そうならあの村を占領しちまって……」

細身の男の言葉に、小太りの男が頷いて続ける。

「その後、お宝の眠る迷宮攻略って手はずですね。入口が塞がれてますから、あっしらみたいな下っ端は大忙しでしょうよ」

そこでやれやれと細身の男は天を仰いだ。

「……俺らはトレジャーハンターじゃねーんだけどなぁ」

「頭目がそう言うんだから仕方ないでしょうに……。それにあの人はお宝の臭いには本当に敏感でしょう？　案外……マジでとんでもないお宝が眠っているのかも？」

「それならいいんだが……まあ、それじゃあ役得といこうか」

言葉と同時に二人はズボンを降ろして下半身を露出させた。

屹立《きつりつ》したイチモツとともに二人が少女に近寄ったその時——夕闇に声が響いた。

「ちょっと待って」

厚い化粧に真っ赤なルージュ。

適量以上に振られた香水の匂いは、夜の蝶を連想させる。

ネックレスにブレスレット、そして指輪。

金をベースに宝石で彩られたそれらは、一言で言うと派手だった。

「姉さん……いや……の、の、紀《のり》……子《こ》さん？」

胸元が強調され、背中まで大きく開いたホルターネックの露出度の高いドレス。

黒髪の女の年齢は二十代半ばといったところだ。むせ返るような色香が臭い立つ。

「この子痩せているけれど……顔自体は凄く綺麗ね」

紀子と呼ばれた女の視線の先では、彼女と同じ黒髪の少女が目を伏せてひたすら震えていた。

紀子は男二人を一瞥し、大きく頷いた。

「この子は私が預かって性奴隷として調教するわ」

「調教……？」

キセルを取り出した紀子は、煙草をくゆらせる。

そしてそのまま紫煙を小太りの男に吹きかけた。

「私がもともと性奴隷だったのは知ってるよね？」

「はい、まあそりゃあ……巨人に飼われていた事もあるとか。それでアッチのほうはガバガバって頭目がボヤいて……」

紀子のコメカミがヒクヒクと動く。

「おい馬鹿」

痩せた男が小太りの男の頭にゲンコツを落としたところで、紀子は呆れたように首を左右に振った。

「次言ったら殺すから」

「……すみません」

「それでね」と紀子は言葉を続ける。

「奴隷を高く売れるようにするにはどうしたらいいのかは私が一番良く知っているの。変態達は、注文は多いけれど……金払いはいいからね。いや、金持ちだから普通の性交には飽きて変わった事を求めるんだけど……まあそれはこの際どうでもいいわ」

「……それで？」

「まあそういう事でこの子は私が預かって変態好みに調教する。ちなみに私はレズっ気もあるから……初物を傷つけずに性奴隷に仕上げるには丁度いいのよ。だから、貴方達は早くその粗末なモノをしまいなさい」

汚物を見るような目で紀子は二人の男の下半身を一瞥する。

「しかし紀子さん！　これは我々の役得で……」

「役得もクソもないわ。この子は高く売れる。それこそ変な癖がついたらとんでもない損失になるわ。だから貴方達は一切手を出さないように」

そして紀子はその場に屈みこんだ。

「その黒髪……君は日本人だよね？　あるいはアジアのどこか？」

「……」

目を伏せたまま黙り込む少女の態度に、紀子は舌打ちした。

右手で少女の顎を掴むと、無理矢理顔を上げさせる。

「この二人にこの場で犯されていたほうがよっぽど幸せだったろうけど……私に目をつけられたんだから運が悪かったと諦める事ね」

紀子は意地悪く笑い、どこまでも冷たい声色で言葉を続けた。

「なんせ私もそんな事されていたからさ……。弱者が奪われるのは、まあ仕方ない事だよね。今度は私が弱者をしゃぶりつくす番だから……ごめんんね？」

第六章　ダンジョンシーカー3

山の中。
カナカナカナカナ。

――さっきからヒグラシがうるせえな。

ジットリと粘りつくような湿気がたまらなく不快だ。
お嬢ちゃんとこの階層に辿り着き、歩き始めてから結構な時間が経つ。
迷宮内の四季はめちゃくちゃで、直前の階層は猛吹雪だった。
魔物はマンモスみたいな奴だったな。まあ、お嬢ちゃんが一刀両断した訳だが。

俺の愛刀であるところの備前長船を使用できなかったのは非常に残念だが、まあ仕方ない。

で、この階層は非常に暑い。

そうなるとデリケートな問題が発生してくる。

俺の目下の悩みは臭いなんだ。

とにもかくにも俺は顔がオッサンって事で学生時代に苛められたんだが、臭いも当時からオッサン並みに強烈だった。

まあ、要はワキガって奴だな。

そんでもってここの階層は夏だ。暑い訳だ。脇の下が湿る訳だ。

と、なると必然的に脇の下は香子《かおるこ》ちゃんになっちゃう訳だ。

「どうにも臭うね。キミってワキガだったのかい？」

「相変わらずストレートな事で」

流石に普通に凹《へこ》んだ。

それはそうとして、どうしてこのお嬢ちゃん――坂口なずなからは嫌な臭いがしないのだろう。

「お嬢ちゃんはスキルか何かで体臭を隠してんのか？」

「体臭はもともとないほうだけれど、それでも流石のボクも、何もなしでこの気温の中動き回っていれば……そりゃあ臭くもなる」

「でも、今は全然臭わないぜ？」

やれやれとばかりにお嬢ちゃんは肩を竦めた。

そしてアイテムボックスから缶スプレーを取り出した。

「制汗スプレーだよ」

「何でそんなもんを持ってるんだ？」

「魔物からのドロップアイテムでたまに地球産が混じっているだろう？」

「ポテトチップスとビールがセットで出てきた時は笑ったな」

当然の事ながら美味しくいただいたがな。

「深層域では空間と時間のカオス化が進んでいて、地球も含め、そこら中の異世界からの漂流物が手に入るんだ。これもその一種だね。雑魚狩りしてるとちょいちょい出てくる」

「制汗スプレーが出るって……他にどんなのが出る？」

「んー……ブーブークッションとか？」

そんなの出るのかよ！　凄いな狭間の迷宮！

何でもありじゃねーかよ！

「ってか、制汗スプレーがあるなら俺に貸してくれよ」

だがお嬢ちゃんは首を左右に振った。

「臭うのは臭うけれど、男臭いのは別に嫌ではないんだよ。流石に腐敗臭なんかは無理なんだけどね」

はっはーんとそこで俺は察した。

——こいつ、俺に惚れやがったな？


しかし、まさかお嬢ちゃんが臭いフェチだとは思わなかった。

世の中にはいろんなマニアがいるという。んでもってワキガってのは男性フェロモンと密接な関係があるらしい。

男性ホルモンが多ければ多いほどワキガが酷くなる確率は高くなる。

そして一部のマニアはその男臭さがたまらないのだそうだ。

そう、お嬢ちゃんみたいにな。

おそらく男性ホルモンに惹かれちまうとかそういう事なんだろう。

そこで俺はコホンと咳払いをし、キメ顔を作った。

「愛の告白ならノーサンキューだぜ？　俺の守備範囲は十八歳以上だ」

「ボクはキミと色恋沙汰になる気は欠片もない」

バッサリ斬られた。魔物を屠《ほふ》るような一刀両断だ。

って言っても、別に俺はロリコンじゃねーんだけどな。

「しかしキミも、同じやりとりを何度やっても懲りないんだねえ？」

「ん？　何度も？　どういう事だ？」

「とにかくキミはボクの趣味ではない。はっきり言ってしまうと顔からして好みではない」

本当にバッサリ斬られた。

トホホとばかりに……肩を落としたところで森林が開けた。

見ると、そこには日本昔話に出てきそうな和風の小屋が立っていた。

ほとりには小川も流れていて、ご丁寧に水車も付いている。

お嬢ちゃんに先導されるがまま、俺は小屋の引き戸の前に辿り着いた。

何度か軽くノックをする。

しばらくして小屋の中からスタスタと足音が聞こえ、戸がスっと開かれた。

出てきたのは日本人形のような外見の女の子だった。

寝起きなのだろうか、寝ぼけ眼《まなこ》を擦る少女。アホ毛が盛大に立っている。

「む……？　来客とは珍しい。しかも我の索敵スキルを掻い潜って……自宅まで押しかけるとはな。普通であれば異物が紛れ込んだ瞬間に気付けるものなのじゃが」

お嬢ちゃんは間髪入れずに口を開いた。

「心を読んでほしい」

「ふむ……」

そう言うと少女はカっと目を見開きお嬢ちゃんを凝視した。

一瞬、少女は驚愕の表情を作るが、すぐさま首を左右に振った。

「なるほどの。大体の事情は了解した。時に坂口なずなよ……」

「何？」

「少し茶でも飲んでいかんか？」

その言葉を聞いたお嬢ちゃんは、安堵の溜息を洩らした。

「サトリ……キミだけがボクの癒しだよ。なんせ、キミには一切の説明が不要だからね」

「まあ、説明するのが億劫《おっくう》なのは……痛いほど理解できる。なんせ心を読んだのじゃからな……くふふ……」

「ボクの気持ちを理解できるのは深層域の攻略グループの首領か、あるいはショタ神様か……それ以外ならキミしか考えられないからね」

「深層域の首領とショタ神……その二者とお主では、境遇も悩みも似て非なるモノだと思うが？」

「まあ境遇は多少違うが、気持ちは理解し合えるはずさ」

カハハと少女は豪快に笑った。

「絶対に理解し合いたくない連中じゃがな」

お嬢ちゃんも口元を緩ませる。

「うん。違いないね」

「……しかし、坂口よ。お主のその能力を持っていてもなお、攻略は出来んか？」

「心を読んだはずじゃあないのかい？」

くふふとサトリは笑った。

「あえて聞いておるのじゃよ。にわかには信じられぬからの」

「ボクも困っていてね。攻略グループの幹部連中を複数相手にするには、ボク単独では無理だ。けれど奴らの拠点を掻い潜って下に潜る事は出来る」

「やはり、最終関門か？」

「そういう事」

「……アルカトラズか。しかし攻略グループの連中も洒落た名前を付けるの？」

「ああ、本当に難攻不落だよ。攻略グループも、そしてボクも、手も足も出ない」

それだけ言うと、お嬢ちゃんは踵《きびす》を返した。

「それじゃあ、ボク達は行くから」

「茶は飲んでいかんのか？」

「今回は顔を見に来ただけだからね。それに、ボクは緑茶は好みではない」

「ふむ……それではこう尋ねようか？　我を殺さんのか？」

それを受け、呆れたようにお嬢ちゃんは返した。

「心が読めるんだろうに？」

「だから、敢えて聞いておるのじゃよ」

「キミ程度では、既にボクの経験値にはならない」

「心を読んだから分かる。確かにお主は相当に鍛えあげておるようじゃな。お主からすれば我の経験値は雀の涙以下であろう。けれど……決してゼロではない」

「殺す事すら億劫で無駄だと……そう言ったんだけれど？」

するると少女は何とも言えない表情で肩を竦めた。

「心の贅肉《ぜいにく》じゃな。お主が正気を保っていられるのはあといくばくの間か……もう少し貪欲になってもいいのではないか？」

「……それじゃあ、行くから」

お嬢ちゃんが数歩足を進めたところで少女は優しげに……そしてやるせない笑みを浮かべた。

「ふう。年を喰うとどうにも素直になれずに困る」

一呼吸おいて少女は言葉を続けた。

「見逃してくれて礼を言う。お主のような者は、殺伐とした迷宮では珍しい。我はお主のような者は嫌いではないぞ」

そこでお嬢ちゃんは立ち止まり、振り返りもせずにこう言った。

「ボクもキミが嫌いではない。だからこそ久しぶりに顔を見にきた訳だからね。あと……見逃した事に感謝してもらえるなら、一つだけお願いがある」

「願い……とな？」

「数奇で——そして残酷な運命を背負った少年がここを訪れる時があると思う。その時には……」

少女は顎に右手をやり、お嬢ちゃんに尋ねた。

「ふむ？」

深く息を吸い込んで、お嬢ちゃんは冷たい声色でこう言った。

「必ず殺してあげてね」

「殺す……とな？」

コクリとお嬢ちゃんは頷いた。

「キミは心を読む。そして優しい。ひょっとすると彼の境遇を知れば情にほだされて、この階層を素通りさせてしまうかもしれない」

しばらくの間サトリは何かを考えた後、お嬢ちゃんを見つめ、カッと目を見開いた。

そして得心したとばかりに頷く。

「……あい分かった」

しかし……と少女は俺を一瞥して苦笑した。

「お主だけは脳天気じゃの？」

「まあ、お前等の会話には、サッパリついていけねーからな」

「いや……」と少女は首を左右に振る。

「案外お主のような者こそが最深層域での突破口となるやもしれぬ。その可能性を感じておるから……こやつもお主をともに連れているのじゃろう」

少女はポンポンと俺の肩を叩き「くふふ」と笑った。

「こやつがまだ壊れておらぬのは、お主の存在が大きいぞ」

意味深な笑みに対し、俺はやれやれとばかりに肩を竦めた。

――まったく、どうも俺はロリータに好かれやすいらしいな。

第七章　邂逅

深夜。四畳半ほどの洞窟内の個室。

淡いランプで照らされた室内には、敷布団替わりのゴザが二つに毛布が二つ。

中央では、コトコトとポタージュスープが煮込まれている。

洞穴内で火を使うと煙やススが出るため、予《あらかじ》め微弱な炎系魔法を込めておいた魔法器具を使用し、熱を起こしていた。

「食事はそこに用意してあるから勝手に食べてね。あと、スープは温まってから食べるように」

それだけ言うと、厚化粧を落とした竜宮《たつみや》紀子は、寝間着に着替えて毛布にくるまった。

黒髪の少女――坂口なずなは無言でサンドイッチを頬張りながら室内を見渡す。

ローストビーフと野菜をパンで挟んで、オリーブオイルと塩コショウとレモン汁で味付けされたサンドイッチだ。

この世界の基準で言えば、軽食としては相当に上等な部類に入る。

「紀子さんは……食べないんですか?」

「私は夜食べる習慣がないから。日本の時にダイエットに凝ってて、その時からずっとそうなんだよね」

「そうですか……」

そこで意を決したようになずなは聞いてみた。

「紀子さん……私に何もしないの?」

紀子は深い溜息をつくと、右人差し指を鼻の先に当てた。

布団から起き上がりなずなに近付き、耳打ちする。

「大きな声でそういう事を言わないの。間仕切りがあっても音は漏れるからね。聞き耳立てられたら聞こえるから」

はてなと首を傾げたなずなは、ヒソヒソ声で尋ねた。

「どういう事なんですか？　調教するとかレズとかさっきは言ってましたけど……」

「流石に私でも、十歳そこそこの子供を死ぬまで肉便器にして……慰み者にされるのは胸糞が悪いって事よ」

「……？」

そこで紀子は優しく笑った。

「君は頃合いを見て解放してあげるって事」

「でもさっきは……？」

「あれは方便よ。ああでも言わないと連中は納得しないでしょう？」

なずなはゴクリと息を呑み、はっとした表情を作った。

「……それって私を助けてくれたって事ですよね？　でもそれって……紀子さんにとって……かなり危険な事なんじゃないでしょうか？」

「ええそうね。私は頭目の情婦って事で幹部待遇を受けている」

「幹部だったら尚更の事、不味いんじゃ……」

「一言で言えば裏切り行為ね。バレればその手の特権が剥奪《はくだつ》されるのは間違いない。それどころか見せしめのために四肢切断された挙句、奴隷市場に流されるかもね」

「なら……どうして？」

揺らめくランプの灯に視線をやりながら紀子は言った。

「頃合いなんだよね」

「……頃合い？」

「頭目の目的は地方領主の出方を見る事なの。あいつの本当の目的は封印されたアンデッドの迷宮に眠るアーティファクト」

「不死を司るという神具……ですか？」

ヒュウと紀子は口笛を吹いた。

「流石に地元だと子供でも知ってるんだね」

「御伽話だと思いますが……」

「で、頭目は村を迷宮攻略の拠点にするから……数週間は完全に占拠する予定なんだよね。そこで問題になるのが領主の出方なんだよ。私達もAランク級の賞金首だからね。地方領主の私兵では、討伐には心もとない」

「だとすると、冒険者ギルドの賞金稼ぎか、あるいは本国から騎士団がやってくる？」

「そこが問題なのよね。事をそこまで大袈裟にするのであれば、莫大な資金がかかるわ。あんなシケた田舎の村を救うためにそこまでやるつもりが領主にあるかどうか……それを見極めている最中なの」

「……村が見捨てられるって事ですか？」

「頭目の読みでは、七対三で見捨てられるとしているわ。ちなみに私の読みでは八対二ってところかな？」

なずなは顔色を蒼くして俯いた。

「私達の命って……紙のように薄くて軽いんですね」

「いいえ違うわ」と言って紀子は首を振った。

「この世界では紙は高級品よ。弱者の命は紙よりも――薄くて軽い」

絶句するなずなに構わず、紀子は話を続ける。

「で、領主の動きを探るためにかなりの人員が偵察に出向いているの。犯罪組織特有のロクでもない知り合いのツテを辿って、ロクでもない連中に賄賂を渡して情報収集の真っ最中ってところね。そうして安全が確認されたら村に再度出向き完全に占拠する」

「……さっきの、頃合いって？」

「要は頭目周辺の警備が手薄なのよ」

「警備が薄いって……何をするつもりなんですか？」

「私にも狙いがあってね。私は殺した人間や魔物のスキルを盗む能力がある。そして頭目は少し特殊なスキルを持っているの。まあ、確実に仕留める事が出来る機会を窺っていたって訳よ」

「スキルを……盗む？　そんな事が……」

「ともかく今夜決行する予定なの。目的を果たしたら私はそのままトンズラかますって訳。で、まあ行きがけの駄賃じゃないけど……ついでに子供一人助けたって構わないでしょう？」

状況を把握したなずなは安堵の表情を浮かべた。

「ありがとうございます」

「そういうのは止めて。私は誰かに礼を言われるような人間じゃない」

「？」

「自分が助かるために幼馴染を……いや、こんな事を君に言っても仕方がないか」

「あの……紀子さん？　どうでもいい事なんですが……」

「何？」

「私にはお姉ちゃんがいるんですが……」

「それで？」

「化粧を落とした紀子さんは少し……お姉ちゃんに似ています。あと、喋り方とか雰囲気とか……」

紀子は思わずその場で吹き出した。

「ハハっ、本当にどうでもいい事だねそれ。まあ、よくよく見てみればキミの系統の顔立ちは……私の中学生くらいの時に通じるものがあるかもね。まあ、やっぱりどうでもいい事だけど」

その時だった。

外から怒声が響き渡る。

続けてパンパンと軽い炸裂音。更に続けてテントが崩れ去る音。

「紀子さん？」

「敵襲……みたいだね。村の一件でギルドから派遣されてきたにしては動きが早すぎるし、地方領主の私兵や本国からの騎士団派遣にしても……早すぎる」

「私はどうすれば……？」

「どういう展開になるかは分からないから、いつでもトンズラかませるように荷物をまとめといて。あと……」

紀子は懐から一振りのダガーを取り出し、なずなに差し出した。

「自分の身は自分で守ってね？　私が君を助けるのはあくまでもついでなの。君を助けるために私がかすり傷一つでも負うリスクがあったとしたら、私は絶対に君のフォローをしないから」

なずなは頷いてダガーを受け取った。

「コレの使い方だけど……まともに戦っちゃダメだからね？　相手を話術で騙して油断させて、懐まで近付く。近付いたら躊躇せずに腹に刺してグリグリとしつこいぐらいに捻《ねじ》る。今のキミに出来る戦い方はそれだけよ」

「……分かりました」

洞窟外から、阿鼻叫喚《あびきょうかん》とも言える悲鳴が絶え間なく響いてくる。

それに呼応して、洞窟内の喧噪も大きくなっていく。

幹部連中も戦闘の身支度を整えた者から、洞窟外へと慌てて駆け出しているようだ。

「予想以上に大混乱みたいだね」

ドアに耳を当てながら紀子はそう言った。

『シルバーの兄貴を呼べ！　とても手に負えない！』

『いや、マキシムの兄貴もだ！』

『兄貴ィーーー！　とんでもねえ手練れ二人……アビャっ！』

外からの応援要請に応じるように、通路内に大きな靴音が鳴り響いた。

『俺らが出るほどの相手なのか？』

『さあな。だが相手は二人っていう話じゃねーか？　外の連中は下っ端ばかりだが、Bランク級程度の連中もそこそこいる。それをここまでかき乱してるなら……』

外から聞こえてくる会話から状況を観察している紀子は、口元を綻ばせた。

「ここの野盗団の大幹部は三人。頭目を長男とする三兄弟なんだよね。頭目もそこそこの使い手なんだけど、どっちかっていうと常に付き従っている弟二人がヤバイんだ」

「弟二人ですか？」

「次兄が『無影』のシルバー。そのスピードは常人には影すら捉える事が出来ないと言われている。そして末っ子が『超剛力』のマキシム。鋼鉄の甲冑《かっちゅう》を素手で粉砕する筋肉妖怪って訳よ」

なずなは息を呑み、紀子は大きく頷いた。

「二人とも間違いなくAランク級最上位の実力者――正真正銘の化け物よ。流石に私でも頭目含めて三人同時は面倒臭い……というか、頭目を取り逃がす可能性がある」

そう告げた紀子は舌なめずりとともにドアを開いた。

「って事で予定変更。深夜に決行するつもりだったけれど……今から行ってくる。頭目は今……部屋にたった一人でまともな護衛もいないから」

▼　▼　▼

炎上するテントが光源には丁度いい。

燃え盛る炎が周囲を朱色に照らし、地面には頭からナイフを生やした死体が散乱している。

外にいた連中の半数を殺し、そしてもう半分は銃で足の自由を奪った上で縄で縛りつけてある。

結果、この場で自由に動ける者は順平と亜美だけとなっている。

「殺した数……十五の内……命中は十三ってところね」

手ごろな岩に腰掛けた順平は首を左右に振った。

「こいつら冒険者ギルド換算だとBかCランク級程度だろ？　十五回もナイフ投げたんだったら二十人は殺《や》れよ」

「多段《ただん》ヒット前提!?　私はアンタと違って普通の人間で……」

「まあ……投げナイフはイマイチ慣れてないみたいだからギリギリで及第点をやろう」

「でもさ、拳銃でパッパッパッと殺《や》っちゃったほうが早くない？」

「甘いな」

「ん？　甘い？」

順平はやれやれとばかりに溜息をついた。

「戦法に幅を持たせれば相手の意表を突きやすくなる。そして意表を突ければクリティカルでダメージが入りやすくなる。格下相手に無双して慢心してちゃあ……いつか格上を相手にした時に簡単に死ぬぜ？」

「前から思ってたんだけど……何で順平はいっつも上から目線なの？」

「お前は弱いし、何より馬鹿っぽいからな。自然と話し方もこうなってくる」

そこで亜美は乾いた笑いを浮かべた。

「今度する時……アレを噛み切ってやろうか」

「おいおい何でそうなるんだよ？　流石の俺でもアレをしてる最中の局部は弱点なんだぜ？」

「じゃあ舐めるのも止めとく？」

しばし考え、順平は言った。

「すみませんでした」

亜美は大きく頷きニッコリと笑った。

「素直でよろしい」

お決まりのやりとりが終了したところで二人は洞窟の入口に目をやった。

「ずいぶんとヤンチャが過ぎるみたいだが……そこまでだよ」

身長百七十後半。

痩せてはいるが、筋肉の凹凸から鍛え上げられている事が一目で分かる男がそう言った。

得物は刃渡り三十センチ程度の短剣。防具は籠手程度の軽装だ。

「おいおい、下っ端連中は全滅かよ？　戦闘には使えねえが雑用と略奪を任せるには使い勝手のいい連中だったんだがなぁ」

細身の男の横に立つ巨漢がそう言った。

甲冑《かっちゅう》を着込んだ二メートルを超える巨漢で、低レベル冒険者であれば凄まれただけで腰を抜かしてしまいそうな威圧感を放っている。

「まあ僕達二人が来たからには君達も年貢の納め時だね」

順平は面倒臭そうに立ち上がった。

「亜美……こいつらはAランク級上位相当の実力者だ。細いほうのオッサンは俺が引き受けるから、お前はデカブツを仕留めろ」

「Aランク級上位を私一人で殺れって？　慣れない投げナイフで？」

「ステータス的にはお前より少し格上だな……良し。今回はどんな手段を使っても構わない」

「アレを使ってもいいって事？」

「どんな手段を使っても構わないって言ったろ？」

順平の言葉を受け、亜美はニヤリと笑った。

「なら楽勝ね」

順平と亜美はそれぞれ細身の男と巨漢の男に歩み寄る。

細身の男は対峙《たいじ》した順平に向けて語り掛ける。

「見ての通り僕はスピード特化タイプだ」

「ああ、見たところお前さんはそんな感じの装備だな」

「それだけじゃない。僕はステータスの極振りを行っているんだ」

「ステータスの極振りね……」と順平は笑いを堪える。

「HPと防御力を捨て、回避と攻撃のみに特化したステータス。無論……スキルも回避と攻撃に関する物だけを取得してきた」

「……」

笑いを堪えるために黙っている順平を見て、何を勘違いしたのか男は大きく頷いた。

「何故にそんな歪な構成にしているのかって？　ああ、確かに気になるだろうね。今まで僕に殺されてきた連中はみんなそうだった。みんな気になっていたみたいだよ」

「……」

「HPと防御力を捨てるという事が何を意味するか僕も分かっている。下手をすれば一撃死だ。けどね？　答えは単純なんだよ」

そうして男は胸を張ってこう言った。


「——当たらなければどうという事はないっ！」

ゲフンゲフン。

どこの赤い彗星《すいせい》なんだよと笑いを堪えすぎて涙目になる順平。

「ふふん？　震えているよ？　僕の圧倒的な捨て身の覚悟と生きざまに……臆したのかい？　しかし君に更なるバッドニュースがある」

「……」

「僕を絶対無敵にしている要因はスキルとステータスの組み合わせによるところが大きい。更にスキル以外でも……東方の武術と特殊な——この歩法っ！」

緩急をつけた動きで、細身の男は順平の周囲を歩き始めた。

目の錯覚と暗闇を巧みに利用し、更に簡単な幻影スキルも使用している。

対幻耐性がなければ、分身しているように見えるだろう。

「これで一般人はおろか、それなりの武芸者ですら……僕の影すら捉える事が出来ないっ！」

男は短剣を順平に向けて投げつける。

首を軽く捻って順平は短剣をやり過ごした。

気付けば細身の男は、順平の背後に回り込んでいた。

「武器を囮《おとり》に死角に回り込むっ！　そして死角から襲い掛かるのが死を運ぶ戦慄の妙技っ！　喰らえいっ！　秘技——【無影脚】っ！」

順平の後頭部に向け、細身の男は蹴りを放った。

「無影……何？」

細身の男の蹴り足の上に乗り、順平はあくびを噛み殺しながらそう言った。

「…………え？」

「しかし、極振りか……似たような事を考える奴はいるんだな。まあ、迷宮外でそんな事やるのはただの馬鹿だろうけどさ。普通にバランス良く振ったほうが強いに決まってんだろ」

ストンと地面に着地すると同時、地面に足跡だけを残して順平が消えた。

「なっ！　消えっ……」

トントンと細身の男の肩口が叩かれる。

振り向いた男の頬に、順平の人さし指が刺さった。

もっとも皮膚を突き破って指が口内に突き刺さったという訳ではない。

子供の時に誰しも経験があるだろう悪戯《いたずら》の一種だ。

「……何っ!?」

驚愕の表情を浮かべる細身の男。

彼の視界から再度順平が消えたのだから無理はない。

そして次の瞬間、細身の男は笑い始めた。

「ハハっ！　ハハハハっ！　ば、ば……馬鹿げている……こんな……こんな事……」

無理もない。

いや、起こった事を正確に認識したのであれば、確かに笑う以外ないだろう。

何しろ順平は——彼の頭の上に乗っていたのだから。

「これが本当の無影の動きって奴だ。まあ、Sランク級冒険者よりも三ランク程度上の奴らまでにしか……ここまでの舐めプレイは出来ねーだろうがな」

頭の上から飛ぶと同時に順平は呟いた。

「そしてこれが残像拳……って奴だな」

細身の男の乾いた笑いが更に大きなものとなる。

「ハハっ！　ハハハハっ！　ハハハハハハハハハハハハハハハハハハっ！」

彼の視界には三十人程度の順平が映っていた。

ただの残像ではない。

分身が各々自己意識を持っているかのように別々に動いているのだ。

「おい、オッサン？　極振りがどうのこうの言ってたよな？　これでも俺は極振りにはいろいろ思うところがあってな……」

順平の中の一人が細身の男に問いかける。

「ひゃっひゃっっ……あひゃっ……バっ……バっ……化け物……っ！」

やがて複数の順平は一人に収束していく。

それは男の背後。

魔獣《ケルベロス》の犬歯を首筋の頸動脈に突き立て、順平は吐き捨てるように呟いた。

「これが本当の極振りだ」

犬歯で動脈を根こそぎ持っていく。

噴水のように、あるいはスプラッター映画のように冗談みたいな量の血液が勢いよく飛び出した。

ドサリと細身の男が倒れたところで、順平は亜美に視線を送る。

そして親指を立て、ウインクで合図をした。

「さて、お兄ちゃんがやられちゃったけどどうする？　降参しちゃう？」

先ほどから睨み合いながら対峙していた二人だったが、タッグ戦の片方の決着がついた事から均衡は崩れた。

「笑止《しょうし》っ！」

胸を張って笑う巨漢に、亜美は呆れ顔で問いかけた。

「ちょっとだけ表情筋が強張ってるね。安心していいよ。あんたのお兄ちゃんを倒した男はこの戦いには加勢しないから」

その言葉を受け、巨漢は安堵したように息をついた。

ちなみに「まあ、順平の性格だから危なくなったら百パー助けに来てくれるんだろうけど……」と、亜美は心の中で舌を出している。

「ふんっ！　二人相手でも俺は一向にかまわねえんだぜ？　まあ、それはともかく兄貴は本当に不覚を取っちまったな。だから散々言ったのに……」

「言ってた？　何を？」

亜美の質問に巨漢は肩を竦めて応じた。

「一撃でももらえば終了するような歪なステータス構成。それこそが兄貴の敗因だよ。実際、一撃でやられちまっただろう？」

そこで亜美は完全に固まってしまった。

正直なところ、亜美と巨漢は順平と細身の男との闘いの決着を見守っていたのだ。

順平は戦いの最中ずっと亜美の様子を窺っていて、亜美もそれを知っていた。順平の戦いが完全に決してからのほうが安全だと判断し、亜美も男に仕掛けなかった。

巨漢は図体の割りには小心な性格らしく、実力が未知数である順平と亜美に警戒し、まずは兄に様子見をさせていたというのが現況だ。

つまり順平の戦いを注視していた訳だが……と亜美は思う。

さっきの戦いを見ていて、何がどうなれば敗因がＨＰと防御力を犠牲にした歪なステータス構成になるのだろうと。

どう考えても井の中の蛙のスピード自慢が、それを遥かに凌駕する本物のスピード自慢に瞬殺された……と見るのが正解だ。

例えるならそれはパンチ力自慢の喧嘩好き中学生と、全盛期のヘビー級チャンピオンがリングでボクシングするくらいの圧倒的な戦力差だ。

まあ、要するに亜美は馬鹿じゃねーのコイツという感想を抱いた訳だ。

「へへ、俺は兄貴とは違うぜ？」

「違うっていうと？」

「兄貴は攻撃力と素早さだ。だが、俺はそんな極端な事はしねえ」

「バランス型って事？」

いいやと巨漢を首を左右に振った。

「俺はＨＰと防御力と攻撃力に全てを振り分けているんだ！」

素早さを捨て、命中と回避に目をつぶって相手の攻撃を耐えるだけ耐えて一撃必殺を狙う形だ。

大艦巨砲主義もここまでいくと清々《すがすが》しい。

「俺は何度攻撃をもらっても倒れない。ただし、攻撃が当たれば一撃で仕留める事が出来る」

「……当たれば、ね？」

　鼻で笑う亜美に対し、巨漢も鼻で笑った。

「俺のスキルは【鉄鋼体】って言ってな？」

「【鉄鋼体】？」

「防御力が１０００加算、ＨＰが３００加算されるような超絶レアスキルだ」

「そりゃあまあ……そんだけのレアスキルがあるなら防御には絶対の自信を持つわね」

「見たところお前の適性職業は盗賊《シーフ》だろう？　レベルは異様に高いみたいだが上級職にはなっていない。で、基本的にはステータスの割り振りはスピード重視のはずだ」

　呆れたような声色で亜美は言う。

「まあ貴方達兄弟みたいな変態的な割り振りはしていないわね。スキルを考えても、普通に振り分けるのが一番強いし応用も利くしね」

「応用が利くだと？　笑わせてくれやがる！　非力なお前の腕力でどうやって俺に傷をつけるつもりだ？　断言するがお前の斬撃なんて二百回喰らっても俺は死なない！」

「クリティカルがちょいちょい入るだろうから二百回は言い過ぎにしても……まあ百回はクリーンヒットを浴びせないと貴方は倒れないだろうね」

　勝ち誇ったように巨漢は笑った。

「百回でも二百回でも同じ事だ！　その回数の攻撃をする間……俺もボヤっとはしていない！　俺の繰り出す全ての攻撃を避け切れるとでもいうのか⁉」

「マグレ当たりでも一発喰らえば終わりなのは事実でしょうね。けれど私は回避には自信がある」

しばし考えて亜美は言葉を続けた。

「まあ半々ってところだろうね。避け切れるか、あるいは私が一発もらうか」

「俺は九対一だと思うがな」

「まあどっちでもいいけどさ。こっちは馬鹿正直に貴方と斬り合う気はないし」

「斬り合う気がないだと？　それではお前は俺をどうやって倒す気なんだ？」

うんと頷き亜美は笑った。

「こうやって倒します」

懐に手をやり亜美は小瓶を取り出した。

透明度が低く形も歪な安物のガラス細工。その中には赤い液体が詰まっていた。

「小瓶？　赤い液体……？」

そうして亜美は上空に向かって小瓶を放り投げた。

「よいしょっと」

巨漢は目で小瓶を追う。

と、同時に亜美は懐からナイフを取り出した。

シュッ。

空気を切裂く音とともにナイフは宙に浮いた小瓶を掠め、巨漢に向かって飛んでいった。

巨漢は首を捻って頭部への直撃を避けたが、頬に一筋の血が流れた。

口元にまで垂れ落ちてきた血液をペロリと舐め、巨漢はニヤリと笑った。

「不意打ちの投げナイフか。流石は非力な盗賊《シーフ》だな。そんな攻撃は俺のような本物の武芸者には通用し……な…………い？」

言葉の途中からロレツが回っていない。

見る間に男の表情から血の気が引いていき、その場で片膝をついた。

「はい、チェックメイト」

「チェ……ッ……ク……メ……？」

男は白目を剥《む》いて泡を吹いた。

「ア……ボ……ブワァ……」

泡の飛沫を飛び散らせながら巨漢はそのまま地面にドサリと崩れ落ちた。

完全に無防備になったところで亜美はナイフを二振り取り出した。

一発を右手首の動脈に、そしてもう一発を頸動脈に投げ込む。

そして十分なダメージと失血を確認してから、ゆっくりと巨漢に近付き、再度懐からナイフを取り出した。

「っていう事でサヨウナラ」

亜美はナイフを高く振り上げた。

そのまま巨漢の鼻っ柱に突き刺すと、ビクンビクンと巨体の四肢が跳ねた。

「はい一件落着」

パンパンと掌を叩き亜美はハンカチを取り出した。

返り血を拭う。

そして眼下の巨漢をしばし眺めてから、順平に尋ねた。

「しかし……この赤色の液体って何なの？　血っぽいけど……どんな高ランクモンスターが持ってる毒血なのよ？　Ａランク級冒険者も一撃って……劇薬を使ってもこうはならないよ？」

「…………………企業秘密だ」

まさか自分の血液ですなどと言える訳もない。

と、そこで順平は洞窟の入口で戦闘の帰趨《きすう》を見守っていた男に声をかけた。

「おい、そこのお前」

「ひゃっ……ひゃいっ！」

声を上擦《うわず》らせた男は、腰を抜かしてその場に崩れ落ちてしまった。

Aランク級冒険者相当の二人が瞬殺されるなど夢にも思わず、高みの見物を決め込んでいたのだろう。

「ついこの前、お前等は村を襲ったよな？」

「ひゃっ……ひゃいっ！　ごべんなさ……ごべんさな…ざい…ごめんなさい……悪い事はもう……じませんから……か、か、か、勘弁……勘弁してくだしぇ……」

「お前が今後足を洗うかどうかなんて、そんな事はどうでもいいんだよ」

「ごべ、ごべ、ごべ……ごめんなざい……ごめんなさいごめんなさいごめんなさいごめんなさい」

苛立った様子で順平は男に歩み寄る。

「あわっわわっ……あわわわっ！」

「口を開け」

順平はナイフを取り出して男の口の中に突っ込んだ。

「あびゅっ!?」

そのままナイフの刃を水平にし、勢い良く横に滑らせた。

「だっ……どっしゅいおあｓｊこいｈｖｊｈばっ！！！！！！！！！！！？」

頬を切り裂かれた男は絶叫した。

「いいか？　お前のやる事は至極単純だ。それこそ小学生でも出来る内容だ」

「たわらｂｓｃｘ；あｌｊｋｈｆだだああああああああああああああ！！」

「悲鳴は要らない。痛い目に遭いたくなければ最速で俺の質問にだけ答えろ」

「うっ……うっ……ぐ……ぅ……………ぅ……」

「喋りやすいようにもう片方も切り裂いてやろうか？」

「ご、ご、答……答えます！　何でも喋りますっ！」

男は涙目になって何度もコクコクと頷いた。

「質問に答えれば悪いようにはしない。お前ら……村を襲った時に女を攫ってきたよな？」

「は、は、は、はい……！　そ、そ、その通りでござい……ございまずぅ……っ」

「お前等が攫った女の中に十歳そこそこの子供が紛れていたはずだがどこにいるか知っているか？」

「じ、じ、知ってま……知ってます！」

「子供はどこにやった？」

「そ、そ、そ……それでしたら姉さん預かりになっているはずです。頭目の女でして……偉そうな態度の女でしてね。あいつでしたら殺してくれて構わな……あびぶっ！」

順平は男の鼻っ柱に蹴りを入れた。

苦痛に歪んだ顔から鮮血がほとばしる。

「無駄な事を口にするな。俺らは急いでいるんだ。子供はどこにいるんだと聞いている」

「姉さんの部屋は洞窟に入って突き当りを左……その奥です」

「了解だ」

順平はニコリと笑うと、ナイフを男の頭頂に突き刺した。

「あびばっ！」

冗談みたいな断末魔とともに男は痙攣しながらその場に倒れ込んだ。

それを見た亜美は何とも言えない微笑を浮かべる。

「順平って……エゲつないよね」

「エゲつないっていうか容赦がないだけだ」

「質問に答えれば悪いようにはしないって言ってたのに……」

「ちゃんと即死させてあげただろ？　こんなクソ野郎は拷問の末に殺されても文句を言えねえはずだ」

そこで亜美はニッコリと笑みを作って頷いた。

「まあそりゃあそうなんだけどね」

「とにかく――」と順平は駆けだした。

「急ぐぞ？」

「うんっ！」

洞窟内。


「姉さんの部屋とやらはもぬけの空……ハズレだったか」

女がいたらしき部屋を一瞥すると同時、舌打ちして順平は言った。

「どうする？」

「どうするっつっても、洞窟内の連中は俺らがこの部屋に入った瞬間、これ幸いとトンズラかましてるだろ？」

「うん。そうみたいだね」

しばし考え順平は言った。

「女を連れ出す暇はなかったはずだから一部屋一部屋家探ししていけばお前の妹——坂口なずなに辿り着くはずだ」

「なずながここに連れ込まれてるとしたら、間違いなくどこかにはいるんだろうけど……で、もう一度聞くけどどうするの？」

「とりあえず頭目の部屋だろうよ」

「性奴隷を集めている部屋じゃなくて？」

順平は首を左右に振る。

「それはいつでも確認できるだろう？　どうせ手かせ足かせされた上で監禁されてんだろうからさ」

「っていうと？」

「先に確認すべき事があるんだ。この部屋を出て向かって一番奥の部屋は二重の扉になってんだよ」

「二重の扉？」

「扉を開くと四畳半くらいの部屋がある。で、そこを抜けるための扉があって、それを開くと十四畳程の部屋がある。洞窟内で一番広い部屋だから頭目の部屋で間違いないだろう……で、そこからだけ人の出入りがない、というか、中に何人かいる……三人……か」

「普通なら勝てないと判断すれば、部下を囮《おとり》にして一目散に逃げるか、あるいは勝てると判断すればば自ら先陣を切って出てくるよね？」

「そうだとは思うが……何かあったんだろうよ」

はてなと亜美は小首を傾げた。

「何かっていうと？」

「さあな。だからそれを確認しにいくって言ってるんだ」

順平はドアを開け、二十メートル程先に見えるドアに向かって歩き始めた。

亜美が順平の後方を追う。

「ねえ順平？」

「何だ？」

「もしも……私の妹……なずなが……殺されちゃったりしてたら私……どうすればいいのかな？」

「……」

亜美の質問に順平は応じない。

と、いうよりも応答するための適切な言葉が思い浮かばない。

「それに……殺されてなくたって酷い目に遭わされてる可能性は高いんだよね？　なずながそんな目に遭っていたら……」

順平達はドアの前に辿り着く。

亜美がドアに手をかけたところで順平は彼女の肩にポンと手を置いた。

「ちょっと待った」

順平は人差し指を口に当て、声を潜める。

「ん？　どうした？」

「妹がどうのこうのっていうもしもの話はあとでいい。今、俺達には差し当たって問題が一つある」

「問題？」

「俺は索敵のスキルを持っている。で……頭目の部屋は二重扉だ」

「部屋を一つかましているって話だよね？」

「で、本丸に入る前……この扉を開いた所に門番ヨロシク一人立っているって寸法だ。迂闊《うかつ》に扉を開けたらそのまま斧か何かで大上段から頭をカチ割られると思ったほうがいい」

　ゴクリと亜美は息を呑んだ。

「もしも不用意にドアを開けていたら？」

「相手が手練れなら即死だったな」

　亜美は首を左右に振った。

「妹の事が心配で……かなり頭に血が上ってるみたい。普段ならドアを開ける前に中の様子を窺ったりは当たり前にやっているのに……」

「確かに不用心が過ぎたな。二度とするな……次やったら殴るからな」

　妹が攫われた。

　性奴隷として売られるのはほぼ確定で、更に言うなら普通にレイプが行われている事も想定内……というかその確率が高い。

必然、下手すれば殺されている事もありうる訳だ。

その状況下で冷静でいられない事は、ある程度は仕方ないと順平も思う。

けれど――このままでは駄目だ。

そう遠くない未来、順平は彼の地の迷宮に戻らなくてはいけない。

時間に限りがある。

既に亜美はこの世界でも実力者と言えるまでになった。だがそれでも危ういところが多々ある。

そもそも亜美は順平のサポートの下で急激にレベルを上げたのだが、はっきり言ってしまうと過保護的なタナボタ……といった要素が大きい。

順平が迷宮で生き残れたのは機転と覚悟があった。だが、今のところ亜美には何もない。もともとの器はCランク級程度の盗賊《シーフ》で、順平がいなければBランク級冒険者選抜試験で死んでいるような女だ。

「次は殴るって……言い方ちょっとキツくない？」

「俺はいつまでもお前と一緒にいられない。そして俺はお前に死んでほしくない。お前が今みたいにグズのままだったとしたら、多少言い方がキツくなるのも仕方ない」

「強いね、順平は」

「強い？」

うんと亜美は頷いた。

「私を殴るのはいいよ？　順平に惚れちゃってるから。でも、そのやり方は他の人には通用しないと思う」

そこで順平はプッと吹き出した。

「ん？　どうしたの？」

「お前がいろいろ間違えてるから……おかしくってさ」

「おかしい？　何がおかしいの？」

順平は亜美を抱きしめる。そして頭を撫でながら言った。

「俺はお前以外、等しくどうでもいいんだよ。だからそもそも何かを諭したりはしない」

「……？」

「いや、違うな。お前の妹にも価値はある。それはお前が大事にしているからだ。俺にとってはどうでもいいが、けれどお前が大事に思っている……そこに価値がある」

「……どういう事？」

「どうでもいい奴に本気でキレるか？　あるいは俺がどうでもいい奴に対して指導的立場で無駄にブチギレる事で、優越感に浸ってオナニーをぶっこくようなアホに見えるか？」

「……見えない」

順平は亜美の唇を自らの唇で塞いだ。

決して亜美には言えないが、ただただ愛おしいという感情だけが順平の胸を支配していた。

しばしの抱擁とキスを終えた後、順平は言った。

「お前には本当に死んでもらいたくない。だから……頼むから常に周囲には気を配ってくれ。お前はちょっとした不注意で死ぬような……盗賊職《シーフ》なんだから」

しばし何かを考えて、亜美は順平の頬にキスをした。

「うん。ありがとうね順平。ってか……」

「ん？」

「私も初めての彼氏で大当たりを引けたみたいだね」

「やかましいわ」

呆れ顔でそういう順平に、亜美は真面目な表情を作った。

「いや、本当に」

「日本ではまったくモテなかった俺がか？」

「顔はそこそこで体型は細マッチョ。相当クレバーで冷静沈着。敵には容赦はないけど身内は徹底的に守るし、手段は選ばないけれど決して外道ではない。そして人外の戦闘能力を誇る」

「……」

「少なくともこの世界では、ハーバード在学中の現役イケメンモデルの石油王の御曹司よりも……遥かに魅力的なスペックだよ」

「そんなもんかなァ……」

「そんなもんです。見事に射抜いたラッキーガールが言うんだから間違いない。つってもまあ、早漏で全部台無しなんだけどね」

そこで順平は固まった。

思い当たるフシはある。だからこそ早漏という二文字は心に重く響く。

しばしの間ぐぬぬ……と絶句して言葉を必死に探す。

「…………………………………………………………」

「ん？　どうした順平？」

振り絞るような悲痛な声色で、順平は亜美に抗弁した。

「…………回数でカバー出来てんだろ」

「ハハっ！　ふははっ！　ハハハハハハハハハっ！」

まるでショタ神のように鼻につく笑い方で亜美は腹を抱えた。

「…………そんなに笑うなよな」

「いや、まあそりゃあそうなんだけどね。一日に七回も八回もしてればそりゃあ……まあ回数でカバーは出来てると思うよ？　たとえ五分持たない事が多いっつっても、まあ……休憩もほとんどなしだしね？」

「じゃあそれでいいじゃねーか」

でもさ、と亜美は順平の頭を両手で掴んで自らに引き寄せる。

「順平が三十歳や四十歳になっても一日に何回も出来る？　出来ないよね？」

「分かんねーよ」

そもそも、そんな先の事以前の問題だ。

順平は近い将来に彼の地の迷宮に戻らなければならない。

が、亜美は潤んだ瞳でこう言った。

「私はそれじゃ物足りない。何年先も何十年先も……順平に抱かれたいし順平を抱きたい」

そう言うと亜美は順平の唇に自らの唇を重ねた。

瞬時に亜美の舌が順平の口内に入ってくる。

先ほどよりも激しい濃厚な接吻を交わす。

唾液の糸が引き、亜美と順平は笑い合った。

「本当に悔しいなァ……順平に負けちゃったよ」

「悔しい？　何が？」

「のめり込むまでに惚れちゃったのは、私のほうみたいだから」

順平は思わず吹き出しそうになった。

それはこっちのセリフだと喉元まで出かかったが、それを言えばあとあと面倒臭い。

「やかましいわ。って事でドアを開くぞ？」

「いや、でも順平……？　今開くのは気まずくない？」

「ん？　何で？」

「相手が門番かあるいは用心棒だとしてさ。ドア一枚隔てた私達の様子を当然窺っていたんでしょ？」

「まあそうだろうな？」

「今の会話とかやりとりとかも全部聞かれてる訳だよね？」

最初こそ声を潜めていたが、途中からそんな事も忘れていた。

「そうなるな」

平然とした様子で答える順平に、亜美は困惑の表情を浮かべる。

「どうして順平は動じないのよ？」

「まあ……」と言って順平は笑った。

「ぶっ殺せばいいだけだ。そうすれば俺達のやりとりを知った奴はいなくなる」

なるほどと亜美は掌をポンと叩いた。

「とりあえず慎重にドアを開く。そして中にいる奴をぶっ殺せばいいのね？」

「ああ、そういう事だ。流石にさっきの痴態を知られた奴を生かしておくのは、俺も恥ずかしくて死ねる」

「でもまあ、贅沢な会話だよねコレって」

「ん？　どういう事だ？」

「このドアの先にどんな奴が潜んでるかなんて分かんない訳じゃん？　強さも分かんない訳じゃん？」

「でも、さっきの会話は確実に聞かれてたぞ？」

「いや、そういう話じゃなくてさ？　何が出てきても速攻でぶっ殺せる前提でしょ？」

「ああ、そうなるな」

そこで感慨深く亜美は首を上下に振った。

「この世界の暴力事は全てどうにかなる前提だよね？　それが……贅沢だって言ってんの。しかも多分……順平なら本当に何とかしてしまう」

「ただし、それは今だけだ。いつまでも続くと思うなよ？」

「うん」

そうして亜美はドアノブに手をかけた。

「それじゃあ開くよ？」

「ああ」

順平も、そして亜美も突発的な攻撃は警戒済みだ。

万全の態勢でドアを開いた順平と亜美は、目の前に佇む人間を見て絶句した。

「ずっと外の会話聞いてたけど……何ていうかその……」

年の頃なら十歳と少し。身長は百四十センチ程、肩までの黒髪セミロング。

「あ、あ、あ、あ………」

亜美は言葉が出ない。

代わりに順平が少女にこう尋ねた。

「全部……聞いてたんだよな？」

少女はコクリと頷いた。

「あの、その、えと……何というか……」

そして何とも言えない表情でペコリと頭を下げた。

「お姉ちゃんと……お姉ちゃんの彼氏さん？　あの……………………ごちそう様でした」

どこの喜劇かという勢いで順平と亜美はその場でズっこけた。

こいつは初っ端からやらかしちまったな……と順平は頭を抱える。

どうするか……と亜美に目を遣ると彼女は妹を抱き竦めていた。

「遅れてごめんね？　辛かったよね。苦しかったよね。もう大丈夫……もう大丈夫だから」

それを見た順平は頷いた。彼女は性奴隷として攫われたのだ。

そしてここは金のための殺人を是とする連中の巣。

そんな中で数日間も綺麗な体のままでいられたと思うほうが間違いだろう。

「うん。大丈夫だったよお姉ちゃん。酷い事は何もされていない」

坂口なずなの返答に、順平は意外そうに眉を動かした。

「本当に？」

「うん。本当……直接的な言い方をするなら……私はまだ処女だから」

「ねえなずな？　本当に……本当？」

「酷い事は何もされていないよ。一番酷かった事と言えば、一日一食しかなかったのが一日だけ」

その言葉を聞いて、亜美は心の底から安堵した。

そして腰を抜かしたようにその場に崩れ落ちた。

「良かった……本当に良かった」

「ところで……、なずな……って呼ぶぞ？」

順平が少女に声をかける。

「うん。こっちも順平お兄ちゃんって呼んでいいんだよね？」

「そりゃあまあ構わないが」

どうにもむずがゆい感覚だ。なずなは亜美に良く似て絶世の美女とは言えないが普通に可愛い。

クラスに一人や二人はいるような……まあ、そんな感じの可愛さだ。

そんな女の子に初対面でいきなりお兄ちゃんと呼ばれると、そりゃあ多少はドギマギしてしまうのが人情だろう。

「ところで、言っちゃあ悪いが処女が散らされてないのは奇跡っていうか……眉唾だと思うぜ？ここには俺と亜美しかいねーんだから本当の事を言ったほうがいい。お前を傷つけた奴は俺が責任もって地獄まで追いつめてやるから」

「ちょっと順平……」

「隠したって仕方ねーだろ？」

しかしなずなはフルフルと首を左右に振った。

「本当に私は何もされてないんです」

しばし順平は押し黙る。

「本当に？」

「うん」

「で、お前はなんで無事だったんだ？」

「助けてもらったんです」

「助けてもらった？　誰にだ？」

亜美の様子を窺うように、なずなは上目遣いで姉に視線を送る。

「安心して、全部喋っていいよ。こいつは信用できるから」

なずなはコクリと頷き、順平に視線を戻した。

「同じ日本の人だと思う。二十代の半ばくらいの綺麗な人だった」

「日本人？」

「うん。この盗賊団では幹部級だったみたいで……どういう訳か強姦されそうになってた私を助けてくれたの」

「ふーむ」

「どういう事なんだろうね？」

順平と亜美は視線を交わして、ともに怪訝《けげん》な表情を作った。

「で、その人は何処に行ったんだ？」

なずなは順平達が入ってきた方向とは逆のドアを指さした。

「この中にいるはずです」

ふむ……と亜美は顎に手をやる。

「頭目の部屋？　何でまた……」

「別におかしくはねーだろ？　女で盗賊団の幹部って話なら必然的に情婦の可能性が高いんだからさ」

「ああなるほど。そういう訳ね」

ポンと亜美は掌を叩く。だが、なずなが物騒な言葉を続ける。

「確か、頭目を殺して宝か何か……大切な物を奪うとか言ってた」

ふむと順平は一歩踏み出す。

「亜美の妹の恩人なら助太刀するのもやぶさかではねーな」

亜美も頷きながら順平に追従した。

「やぶさかではない……じゃないわよ」

「ん？」

「是非とも助太刀しないといけないでしょう」

亜美と順平は頷き合う。

そして順平は慎重にドアを開けた。

「どうしたの、順平？」

「んー……俺らの出番は多分ないぞ？」

ドアを開いた先は血濡《ちぬ》れの部屋。

血の海の中で、二十代前半の女が佇んでいた。

それはレイピアと、頭目から奪い取ったらしいスキルカードを手に持った――紀子だった。

「どうやらもう終わっていたみたいね」

紀子は亜美に気付き、そして一瞬だけ目を見開いて口元を綻ばせた。

「黒髪……？　あと……その化粧の感じ。貴方も地球からの転移者なんだ？」

紀子は亜美の下から上まで、値踏みするようにネットリとした視線を這わせた。

「なずなちゃん……のお姉ちゃんでいいのかな？」

「妹が世話になったみたいですね。ありがとうございます」

「ああ、そんな事は気にしなくていいのよ？」

亜美は深々と頭を下げる。

「受けた御恩の借りは必ず返しますから」

それを聞いた紀子は噴き出した。

「ははっ……いや、律儀というか礼儀正しいというか」

「……律儀？」

「あなた……凄くまともな人ね。きっと優しい人なんだろうと思う。私は好きだよ。そういう人はね。でも――」

「……でも？」

「知っての通りこの世界はとても残酷よ。そんな世界で生きるのに……優しいっていうのは、馬鹿って事でもあるのよ。今後は気を付けたほうがいいと思う」

何とも言えない表情を、亜美は浮かべる。

と、そこで気付く。

なずなが、小動物のように小刻みに震えていた。

妹の視線の先にいるのは順平。そして亜美もまた、順平の表情を見た瞬間に凍り付いた。

――悪鬼羅刹《あっきらせつ》という形容も生温い、この世の怨念の全てを集めて一週間昼夜問わずに煮詰めたよ

うな——そんな憤怒が、順平の表情に浮かんでいたのだ。怒気を浮かべる順平が思うところはただ一つ。

つまるところは——

——紀子だ。間違いねえ……

第八章　ダンジョンシーカー4

——アヌビス。
エジプト神話ではスフィンクスと並ぶ知名度を誇る。
冥界の神であり、人間の体に犬の頭部を持つ。
アジアで言えば閻魔《ヤーマ》と似たような役割の神である。
閻魔《ヤーマ》——日本では閻魔《えんま》大王という名称のほうが分かりやすいだろうか。
アヌビスも閻魔大王も平たく言えば冥界の裁判長である。

閻魔は浄玻璃鏡《じょうはりのかがみ》という鏡を用いて、死者の生前の状況を判断して地獄行きか否かを審判するし、アヌビスはラーの天秤を用いて死者の罪状を決める。

このアヌビスは、『狭間の迷宮』でも神話領域のボス格モンスターとして扱われていた。

例えば、地獄の番犬であるケルベロスは狭間の迷宮では低層のボス扱いだ。

だが、アヌビスは冥界の入口においての絶対者であり、ケルベロスはアヌビスが従える無数の使い魔の一匹に過ぎない。

実際、アヌビスは狭間の迷宮では中層域の最終ボス扱いである。

外の世界に出れば、複数の大国を単騎で滅ぼす事の出来るような超規格外の魔物だ。

そして最近……その規格外が、外の世界のとある迷宮に興味を持って干渉を始めた。次元の壁を超え、使い魔であるケルベロスを斥候《せっこう》として大量に放ったのである。

結果、ケルベロス達は我が物顔で外の世界を闊歩する事になった。

とはいえ、外の世界にも強者はいる。

狭間の迷宮からの干渉に対する安全装置として——火土水風の龍種が各地に控えているのだ。

特に火と土の龍皇は喧嘩っ早い。

狭間の迷宮から迷い出た者に対しては、世界への——引いては自らへの害が及ぶ可能性が認められた瞬間、制裁を加える。

故に、本来ならケルベロス程度の魔物がどんなに湧いたとしても野放しにはならないはずだった。

ただ、今回は、既に火と土の龍皇は死亡していた。

一方、水と風の龍皇は日和《ひより》見《み》を決め込んでいる。

――そのため、事実上、現在のところ、アヌビスの現世への干渉を止める事が出来る者はいなかった。


狭間の迷宮より転送されたケルベロス達が、まず最初に出会ったのは武装盗賊団だった。

迷宮ではほとんど出会う事の出来ない生きた餌《えさ》。

三十体を超える生ける肉魂に、ケルベロス達は大量の涎を垂らしながら歓喜の雄叫びをあげた。

子供と大人どころか、ネズミとライオン程の戦力差だ。

当然の事ながら、盗賊団はケルベロスによって瞬く間に殲滅された。

次に彼らが出会ったのは、人間の強者の一団だった。

Sランクに認定される者が六名。そのうちの一人はSSランクと言っても差し支えのない力を持っていた。

その他もSランク級の中でも最上位とされるレベルに達した、自他ともに認める人類最高峰の実力の持ち主ばかりだ。

平たく言えば、勇者と呼ばれる者が率いる一団である。

対魔物に対する人類の決戦兵器。人類の未来を切り開くための剣。

あるいは、彼らであれば狭間の迷宮も低層なら正攻法で攻略できるかもしれない。

ボスとして配置されている単体のケルベロスも——勇者一行なら倒せたに違いない。

だが今回、Sランク級冒険者六名に対し、ケルベロスはその数二十五体。

逆に袋叩きにされる状況である事は間違いなかった。

勝負になるはずもなく、一分と経たずに冒険者達は総崩れ。ケルベロス達は何らの被害も追わずに完勝した。

いや、完勝というには若干語弊《ごへい》がある。

ケルベロス達を視認した瞬間、一団のリーダーである女勇者と魔剣士は彼我《ひが》の実力差を敏感に認識し、瞬時に闘争ではなく逃走を選んだのだ。

しかし他のメンバーは自らの実力に過信があった。開戦早々「一切の抵抗は無駄になる！　攻撃は捨てて全力で逃げてっ！」と女勇者が叫んだものの、それを無視してケルベロス達に抵抗を試みたのだ。

結果として、六人中四人は抵抗もむなしく、逃走の囮となっただけだった。

とりわけ大魔術師が放った爆裂魔法が巨大な煙を起こしたのが大きかった。おかげで最初から全力の逃走を決め込んでいた女勇者と魔剣士は、逃げおおせる事が出来たのである。

▼　▼　▼

森の中。

ハッハッハッ。

闇夜に、獣のような男の低い息遣いが響く。

フッフッフッ。

それに呼応するように、女の息遣い。それは決して嬌声《きょうせい》ではない。

強く突かれる事で、身体構造的にどうしても肺腑《はいふ》から息が漏れているだけだ。

パチパチパチパチ。

焚火の赤い炎が淡く照らしているのは裸の男女。

この世の者とは思えぬほどの美貌を誇る、腰までの金髪の女勇者と、そしてもともとの黒髪を無

理矢理脱色した茶髪で全身黒ずくめの魔剣士だった。

「セリシャさんよ？」

「黙りなさい外道《げどう》」

女勇者セリシャは、ケルベロスに食いちぎられた両腕に包帯を巻き簡単に止血した直後、いきなり豹変《ひょうへん》した魔剣士の餌食《えじき》となった。

「弱者は黙れよ」

魔剣士――順平を狭間の迷宮に突き落としたヤンキー連中のリーダー木戸翔太《きどしょうた》は、組み敷いた勇者セリシャの鼻っ柱に渾身のマウントパンチを叩き落とす。

木戸はセリシャに下半身を押しつけながら、再度のマウントパンチ。

「うぎひっィ……」

木戸の言葉通り、両腕の使えない勇者の戦闘能力は皆無だ。

「あひゃっ……」

木戸は鼻血を垂れ流すセリシャに問いかけた。

「セリシャさんよ？　お前はさ？　俺がどうやってわずか数年で強くなったのかって……昨日聞いてきたよな？」

話しながら木戸は更にセリシャの顔面に左拳の鉄槌。

「やべ、やべ……な、な、なぐらな……殴らない……で……」

涙目のセリシャの鼻っ柱に、今度は右拳。

「ひぎっぎゃっ……あばあああああ！　やべ、やべ、やべてくだ……っ！」

女勇者セリシャの懇願をガン無視し、木戸は更にマウントからのレバーブローを加えた。

「あぎっ……！　がひ………ゅっ……！」

「話は簡単だ。俺は殺しまくったんだよ」

「こ、こ、こ……殺しまくった？　モンスターを？」

「俺は知っての通り異世界転移者だ。この世界に来てからまだ十年も経過しちゃいねえ。その程度の期間でモンスターを狩りまくったとしても、Sランク級上位には辿り着けねえのさ」

「……どういう事？　まさか私達の知らないような高ランクダンジョンを見つけて……高ランクモンスターを独り占め？」

「んな訳ねーだろ。人間だよ、人間。経験値稼ぎにこれほど楽なモンはない」

「……人……間？」

「話は単純だ。高ランクモンスターは現在、狩りつくされてそのほとんどが絶滅危惧種だ。その理由は分かるな？」

「経験値を積めば、単体で戦術兵器になれる。富も名声も思うがまま……必然的に美味しい魔物の争奪は起こる」

「だから俺は人間に目を付けたんだよ。それはもう殺しまくった。なんせ、経験値稼ぎを俺の代わりにやってくれるアホどもがこんなに大量にいるんだからな？　お前等がコツコツコツコツ低ランクの魔物を狩って、チビチビチビチビレベルを上げた結果を……俺がガッツリ頂くって寸法よ」

絶句するセリシャ。

「あひゃひゃー！」と、この上なくアホっぽい笑い声をあげると、木戸は大きく腰を振った。そろそろ限界が近いのだろう。

先ほどから徐々に木戸の腰のストロークは強くなっていた。

「それって……どういう……？」

「そういえば俺は巷では、難攻不落のダンジョンや討伐依頼を好んで受ける命知らずなパーティに同行し、必ず一人生き残るってので評価されてるらしいな？」

「ええ、貴方はどんな逆境でも生き残る――二つ名は生存者《サバイバー》」

「理由は簡単だ」

「まさか……」

蒼ざめるセリシャの表情。

彼女の想像通りの言葉を木戸は吐いた。

「高ランクの冒険者パーティに潜り込んで飯に一服盛る。んでもって、シャレにならないバッドステータスを与えたところで物理攻撃でブチ殺すんだよっ！　安全マージンをとるっていう意識が低い連中が狙いめだな！　殺人を疑われる事もないいっ！」

「……そんな……貴方……は……」

「あひゃひゃっ……お腹……お腹痛い……」

腹を抱えて笑いながら、木戸は言葉を続けた。

「生存者《サバイバー》の異名？　逆境に強い？　本当に笑わせてくれるな……そりゃあそうだろうよ？　俺は生存するだろうよ？　なんせ、危険に出会う前に俺がパーティ全員の飯に毒を盛って、そんでもってぶっ殺して経験値だけごっつあんです……ってしてたんだからな？」

「まさか……去年……ファーランド大迷宮……貴方と同行した……私の妹……ラーミア……も？」

「ああ、犯しながら殺してやった。お前と同じく処女だったたな。毒を使っちまうと、どんな美人でも鼻水と涙とゲロと下痢で無茶苦茶になるから……それはもう萎えた萎えた」

それを聞いたセリシャは絶句し、そして忌々《いまいま》しげに吐き捨てた。

「……………この……腐れ外道」

「お褒めの言葉ありがとうございます。我々の業界ではそんな言葉はご褒美です……よいっしょっと」

ドシャリとセリシャの鼻に、再び右の正拳が飛ぶ。

「元が綺麗だからまだマシだが、これ以上鼻を潰すと萎えるんだけど……？　もうちょっと従順になってくんないかな？」

「やべ……こ……これ以上……暴力……やべ……て……やべって……」

「よいしょっと」

ズシャリとセリシャの鼻に右拳。

「ひゃべっ……やべ……やべて……」

「とりあえず黙れ。これ以上鼻骨を壊すとマジで萎えちまう」

「あびゃ……」

そうして木戸は腰のストロークを速め、瞼を閉じた。

「萎える前に一発中に出しとくから」

「……ダ……ダメ……中……は……」

「お……ぁ……ぅ……っ！」

木戸は一度ビクンと背筋を痙攣させると、徐々に腰の動きを弱めながらニヤリと笑った。

「って事で、お前の妹も含めて……全部俺が殺したんだよ。高ランク冒険者の装備も剥ぎ取れてそりゃあもう完璧な仕上がりって訳だ！」

呆然とした表情のセリシャは、ショックのあまり言葉を失った。

「まあ、お前等は姉妹揃って俺に利用されたって訳だなハハハハハっ！」

「…………酷……ひど……ひど……い……」

絶望するセリシャに、木戸は満面の笑みで尋ねる。

「ところで、中はダメって言ってたけどさ……なんで？」

「……こ、こ……子供……が」

「お前さ……まさかとは思うんだけどさ……？」

「……何？」

「子供が出来る事を心配してるとか？　そんな必要ないって」

「それってどういう……」

「ここまで説明してまだ分かんねーかな？」

滑稽《こっけい》だとばかりに木戸は表情を醜悪に歪め、傍らに転がる勇者の聖剣を眺めてこれ以上ないほど口元を弛緩させた。

「って事で、聖剣と処女と勇者の経験値……ごちそうさんっ！」

「…………あ……ぁ…………ァ……」

「ああ、あと、お前な？」

「……何？」

「処女にしては締まり悪ィーな？」

同時に、セリシャの首を両手で絞める。

「ぐぎっ……ぐぎゃ……ふ……ひ……ィ……っ！」

「出すもん出したし、お前はもう必要ねーから」

そしてにこやかな笑みで言った。

「ほな、バイなら」

頸動脈は完全に絞まっていた。

それはセリシャの脳への血流が完全に止まっている事を意味する。

やがてセリシャは白目を剥き、口から泡を吹き出した。

木戸は頸動脈への圧迫を止めない。

「悪いが完全な心停止から十分以上は絞めさせて貰うぜ？　勇者って輩は無駄に生命力が高いからな」

何が可笑しいのか、木戸はその場でクックックと笑い始めた。

「って事で……死ねよ！　クソビッチ勇者っ！！　これで俺は勇者一行の唯一の生き残りで……現存するSランクの最強になるんだっ！　俺様の成り上がりの……糧となれっ！」

「がっ……がっ……」

しばらくするとセリシャは全身の力を失い、グッタリと筋肉を弛緩させる。

だが、予告通り木戸は容赦しない。

両腕に込める力を弱める事はしない。

一分。

二分。

セリシャの顔面が紫色に鬱血する。

三分。

セリシャの顔面が膨張する。

四分。

セリシャの眼球が圧迫されてピンポン玉のような様相を呈する。

「ふはは……いけねえな」

木戸はそこで性器を膨張させた。

「不細工やら潰れ顔は好みじゃねえ。でも、どうしてだか壊れたての死体には……勃起が止まらねえ」

そう言うと木戸は、両手で首を絞めたままセリシャの陰部に陰茎を突き入れた。

「ハッハッ」

荒い息遣いとともに腰を振る。

五分。

「ハッハッ」

六分。

「ハッハッ」

七分。

セリシャの目玉が飛び出した。

「ハッ」

木戸のストロークはビートのテンポを速める。

「ハッ」

八分経過。

死体と化した勇者相手に、魔剣士の自慰は続く。

「ハッ」

九分経過。

木戸はその場で叫んだ。

「イクぞセリシャーーーー！　そして逝《い》けえええ！」

そうして木戸は、本日二度目の精をセリシャの中にどぷりと放った。

既に死体と化しているのだから当然何の反応もない。

だが木戸はイチモツを引き抜くとともに満足げに頷いた。

「死んだ直後の女の締まりって……何でこんなに絶妙なんだろうな」

小刻みに痙攣しながら、木戸は行為の余韻に浸る。

「本当に……何でもアリの世界に転移してきて良かった。日本ではこんなのありえねえからな……」

天を見上げてそう独り言ちた時——パチパチとその場に拍手が鳴り響いた。

「流石のクズっぷりですね。そこまでの完璧な外道だと……正直引きますよ」

上下黒の燕尾服《えんびふく》。

ブロンドのおかっぱ頭の上に、シルクハットをかぶった、見た目十代半ばの少女がそう呟いた。

「またお前かよ？」

うんざりした表情の木戸に対し、少女は首を左右に振った。

「天然のサイコパスというのは我々の中では珍しいのですよ？　しかも貴方は……」

「サイコパスってのは酷い言い方だな」

「この前も言いましたよね？　何故我々の頭がおかしくなっていくのかというメカニズムを」

「時の牢獄……だったかな？」

「ええ」

頷きながら少女は言葉を続けた。

「人間の頭がおかしくなるのは無理矢理延命させられて……数千年かかるのです。拷問などの特殊環境下では飛躍的に縮まりますが……貴方はせいぜい生を受けて二十数年でしょう？　天然でここまでというのは……本当に才能があります」

木戸はやれやれと肩を竦めた。

「褒められてるのか、けなされてるのかよく分かんねーが……」

「ともかく。我々の仲間になるには貴方こそがふさわしい」

「狭間の迷宮だったか？　その攻略グループ……」

コクリと少女は頷いた。

「その通りです」

「最深部に到達すれば何でも願いが叶う迷宮……か。その話が本当ならば、まあ……魅力的ではあるわな」

少女は首を左右に振った。

「魅力的どころか、これは千載一遇のチャンスですよ？」

「ってか、前にも言ったが……思いっきり悪魔の勧誘丸出しだな。胡散臭いんだよお前はよ」

木戸は何かを思い出すように顎に手を遣り、遠い目を作った。

「しかし、武田のグズを放り込んだあの迷宮がそんな曰く付きだったとはな」

「あそこまでのゲスさで、あの迷宮に子羊を放り込んだ者もなかなかいませんでしたので……ですから我々は貴方に興味を持ちました。いやあ、本当に貴方は素晴らしいですよ」

「素晴らしいって……まったく褒められている気がしねーんだが」

心外だという風に少女は真剣な表情を作った。

「クズであるという事は手段を選ばないという事ですよね？　そしてそれは生き延びる力そのものと言い換えてもいい。その意味では間違いなく貴方は天才ですよ？　それはもうブッチギリの大天才です」

「……本当に褒められてる気がしねーんだが？」

「ええ、私個人としてはまったく褒めてませんよ？」

「おい、お前……」

捉えどころのないやりとりは、転移の際に出会ったあの神を思い出させる……と木戸は思った。

「まあ、説明不要ですが、貴方の場合まったく品位がありませんからね。手段を選ばないという場合、大抵の状況では……やむにやまれず、やむを得なしにそういった選択をするのです。が、貴方は生まれついてのクズのようです。ただし、残念な事にそんな貴方だからこそ……メンバーとして迎え入れたいというのが私の飼い主の意見なのです」

木戸は吐き捨てるように呟いた。

「品位……か。ムナクソ悪い奴だな。そもそもな？　汚ねえ手段を取るのに品位なんざ要らねえーんだよ。そんなもんは邪魔になるだけだろ」

木戸の言葉に少女は高笑いを始めた。

「ははっ！　ははははっ！　まあ……確かにご高説ごもっともですね。このゴミクズが」

「お前は俺を勧誘したいのか？　あるいは馬鹿にしたいのか？」

「私もまた悠久の時を往く者でしてね。神や、あるいは『龍爪《りゅうそう》の旅団《りょだん》』の頭……あるいは彼女……ダンジョンシーカーに比べると、まだまだお子様ですが」

「……ダンジョンシーカー？」

「私達とともに来れば……いずれ分かりますよ。で、どうします？　私も暇ではありません。既にあなたとの接触は四度目です。これ以上返事を先延ばしにするのであれば付き合いきれません。これがラストチャンスです」

そう告げる少女に対し、木戸は指を二本立てた。

「確認したい事が二つある」

「確認したい事？」

「まず一つは……本当に最深部に到達すればどんな願いでも叶うのか？」

「そのように聞いています。そして私はそれを事実だと認識していますがね」

「お前の認識を聞いている訳じゃねえ。どうやってそれを俺に証明するのかと聞いている」

「証明の方法はありません」

ただし……と少女は掌を高く掲げた。

「……【物理演算法則介入】。重力係数に介入する」

「ん？　物理演算法則介入？　今……何かしたのか」

「流石に大技すぎまして……時間がかかります。一つ目の質問の回答は一旦保留として、少し歩きながら話をしませんか？」

少女はそのまま森の獣道を、東の方角に向けて歩き始めた。

勇者セリシャの遺体の傍らに転がる聖剣を回収し、木戸は少女の後ろに続いた。

「で、二つ目の質問だ。最深部に到達したメンバー全員が願いを叶える権利があるのか？　一人だけしか叶えられないとかそういう可能性は？」

「それについても保留です」

「おいっ！」

肩透かしを食らったように木戸はその場でコケそうになる。

「大丈夫ですよ。ちゃんと納得する形で間もなく回答しますから。ところで――」

「何だ？」

「貴方の願いとは何でしょうか？　地球に戻る事ですか？」

木戸はハハっと笑い始めた。

「あんなところにどうして戻らなくちゃならねーんだ?」

「故郷に帰りたい、それは普通の人情でしょうに?」

「俺は底辺に近い高校に在学してて、しかもヤンキーだったんだぜ?」

「ふむ?」

「学校で恐れられてても、そんなもんは社会じゃ一切通用しない。一部上場みたいな会社に就職してってのは……まあ難しいだろうな。一発逆転狙いで起業なんてのはもっとありえねえ。そんな事をしちまったら九十九パーの確率で社会に瞬殺される」

「攻略グループに日本出身者もいますので分かりますよ。日本という国では学歴が重視されるようですね?」

「学歴な……まあ、思う事は俺もいろいろあるが、研究者になるのでもなければ勉強に意味はないと思う。が、社会の歯車としての規格選定としては意味があるんじゃねーかな」

「歯車?」

「優秀な奴隷か、あるいはそうでない奴隷かの選別だよ。上級労働市場……勝ち組の側で奉仕する奴隷には……それなりの待遇が与えられるからな」

「ふむ……やはり貴方は馬鹿ではないようですね」

「本当の勝ち組ってのはケタが違うからな。例えば、同じ働かないニートでも、資産家の子供に生まれれば……そうだな、土地持ちが分かりやすいかな？　不動産屋に資産管理を丸投げしても生きていけるし、社会的信用もあれば女にもモテる。で、貧乏人に生まれればそれはやっぱりただのニートだ。二つのケースとも、実際には何もしていない……働いていないただのニートだぜ？」

「……」

「そんな感じで上流労働市場なら……まあ働いてやってもいいが、底辺高校の俺にはその目はほぼねーんだよ」

「勉学に励めばいいだけでしょうに？　最終学歴である大学でこそ、貴方のいう上級労働市場へのチケットが手に入るのでしょう？　高校というのは通過点に過ぎない」

「その通りだ。あとはコネだな。そして俺にはコネはない。だから……俺には絶対に無理だ」

「どうして？」

「俺には嫌いな言葉がある。そして好きな言葉がある」

「言葉？」

木戸は心底楽しそうに歪んだ笑みを浮かべた。

「嫌いな言葉は『地道な努力』。好きな言葉は『ごっつあんです』。努力した連中から積み上げたモノを奪う時ってのは最高に気持ちがいい」

少女は生理的嫌悪感をその顔に浮かべ、それを隠しもせずに言った。

「なるほど。これはまた思った通りのクズですね」

「で、この世界では俺は圧倒的な強者だ。金も女も思いのまま……強者が相手でも罠にハメてから奪えばいい。そうやって俺は成り上がってきた」

「貴方のこれまで歩んできた道のりは……ちょくちょく見させてもらいましたが、清々しいほどのクズでしたね」

と、そこで少女は立ち止まった。

「ん？　どうした？」

「到着しました。ここで森が終わって視界が開けます」

「どういう事だ？」

そうして木戸は絶句した。


——浮いていた。


まるで天に浮かぶ島から地上を見下ろすような——いや、事実としてそうなっている。

現在の高度は千メートルを優に超え、眼下には遠く海辺の水平線までが見える。

「これは……？」

「先ほどの場所から、半径二百メートルの全てを……地中も含めて浮かせました。ただそれだけです」

「……ハハっ！　こりゃあすげえ！　ってか、これが【物理演算法則介入】って奴か」

「そしてこの光景をもって、貴方の二つの質問の回答とする事は出来ないでしょうか？」

「っつーと？」

少女は胸を張って両手を広げた。

「私達はこういう事が出来る。そして——こういう事が出来る私達が本気で最深部にあるモノを信じている。これで証明にはなりませんか？」

「………………」

目の前に広がる光景を眺めて、木戸は満足げに頷いた。

「最深部の願い事っていう真偽は別として、この力はリアルだ」

「まあ実際にこうして見せている訳ですからね」

ニッコリと少女は頷いた。

「お前等の提案を呑めば……俺もこういった力を行使できるようになるんだよな？」

「むしろ……この程度出来るようになってもらえなければ困りますね」

それを聞いた木戸は肩を竦めた。

「仕方ねーな」

「ん？」

「願い事が叶うってのは正直眉唾だ。だが……さっきも言ったが物理演算法則に介入する力……これはリアルだ」

「であれば……」と木戸は右手を差し出した。

応えるように少女も右手を差し、二人は握手を交わした。

「この力を使えば、少なくとも迷宮外では俺は絶対者として君臨できる」

「基本的に、特別な用事がない限りは迷宮内です……」

木戸は呆れたように言った。

「現にお前は外に出てきているんだ。だったら迷宮内から迷宮外に出る方法もあるんだろ？」

なるほど……と少女は掌をポンと打った。

「裏切り前提ですか？　それをさせると思いますか？」

「それは俺が【物理演算法則介入】の能力を手に入れた時、じっくりと考えればいい事だ」

「ともかく――」と少女は頷いた。

「了承という事でいいのですね？」

「そういう事だな」

それを聞いて少女は安堵の表情を浮かべる。

「これでようやく私の仕事も終わりますね」

「四回……だったな。確かに、なかなかしつこかったよなお前も」

「それでは貴方に、諸々の説明とスキルの譲渡を行います」

「スキルの譲渡？」

少女は掌を突き出して念を込めた。

辺りが光に包まれた後、少女の手に二枚の光り輝くカードが現れた。

「スキルカードです」

それだけ言うと少女は木戸に二枚のカードを渡す。

カードに書かれた内容を見て木戸は怪訝そうに眉を顰《ひそ》めた。

「エクストリームスキル【物理演算法則介入】に……エクストリームスキル【死に戻り】？　なんだこりゃあ……？」

「特殊な方法でスキルを譲渡しています。ただし、【物理演算法則介入】のスキルについては……熟練度の引継ぎは出来ません。個人の脳内演算能力と精神性に左右される能力ですので。そして【死に戻り】には熟練度という概念がそもそも設定されてはありません」

「しかし【死に戻り】……だと？　非常に不吉なワードなんだが……」

そこで少女はニッコリと笑った。

「とりあえず念じてください。スキルを受け入れると」

「お、おう……」

スキルカードは光に変換され、眩い発光とともに木戸の心臓部に吸い込まれていく。

「これで貴方は物理演算法則介入の権限を得ると同時に、【死に戻り】のスキルを手に入れました。まずはセーブポイントを決めましょうか？」

「セーブポイント？」

「そうですね。とりあえず今この瞬間を起点にすると心で念じてください」

「お、おう……」

すると木戸の体が一瞬だけ青白く光った。

それを見た少女は心の底から安堵したように――深い溜息をついた。

「よかった……無事に設定されましたね。これで……ようやく……」

「で、俺はこれからどうすればいいんだ？」

「とりあえず不死者の王《ノーライフキング》の討伐をしてもらいましょうか？」

「ノーライフキング？」

少女は東の方角を指さした。

「魔王級の危険度を誇る魔物ですね。ここから東に行ったところにある不死者の迷宮にいます。彼の地の迷宮では、門番として第一階層に配置される事が多いですね」

「おいおい魔王級だって？　それを俺が一人で狩れって話か？　そんなの出来る訳ねーじゃねーか。【物理演算法則介入】とやらのスキルの扱い方を先に教えるとか……いろいろあるだろう？」

「知りませんよそんなの」

「え？　知らないって……？」

「私もそうでしたから」

「おいちょっと、どういう事なんだよ？」

狼狽《ろうばい》する木戸に、少女は楽しげに口元を吊り上げる。

「【物理演算法則介入】のスキルというのは……要は個人の自我を外の世界の物理法則に干渉させる力です」

「……イマイチ……話が読めねーんだが？」

しばし考え少女は言った。

「貴方の脳内ではいかなる妄想も思いのままでしょう？」

「それは……誰しもがそうだろうよ？」

「そして物理干渉の力とは……妄想を現実まで広げる力です。言い換えるならば……それは個人の自我の力です。個人個人の思いの力ですので……必然的に個人個人で力の現出方法が違います。従って、誰かに教わる事は出来ないのです」

「おい待てよ！　つまり……簡単に扱えるようにはならないって話か？」

「ええ」と少女は頷いた。

「攻略グループの面子の年齢は非常に高く……千歳オーバーはザラです」

「だからどういう事なんだよ⁉　俺の寿命はせいぜい八十歳とかだぜ？」

溜息をついて少女は首を左右に振った。

「だからこその【死に戻り】でしょう？」

「……え？」

「さて、ここで質問です。人間の潜在能力がフルに活かされる場面とはいつでしょう？」

「……」

ただただ閉口する木戸に、少女は嬉しそうに言葉を浴びせかける。

「答えは簡単。死にかけている時です。人生最大のピンチの際にフルの能力を使わずに……いつ使うというのでしょう？」

ようやく事情が呑み込めてきた木戸は冷や汗を流しながら言った。

「何回も何十回も殺されて……そうやって鍛えろってか？」

「違いますよ？」

「じゃあどういう事だ？」

「何千回、何万回と……殺されろって話ですよ？」

さも当たり前のように少女は言葉を続ける。

「脳みそをブチまけられて即死でも、皮を剥がれても、あるいは数年の拷問の上に死んでも……一回の死亡は一回の死亡です。出来るだけ苦痛のない方法で死ねればいいですね？」

「おい……」

「気持ちは分かります。まあ、私の時もそうでしたから。攻略グループって……結構スパルタなんですよ？」

表情を強張らせながら木戸は言う。

「ノーライフキングだったか？　魔王級の討伐だよな？　俺は……絶対にそんな事はしねーからな？」

「もともとこのスキルは攻略グループのリーダーが作成したスキルです。そして譲渡に次ぐ譲渡で私のところまで来ました。で、譲渡というのが曲者でね？　実はこれって紐付きなんですよ」

「紐付き？」

「ええ、タイムリミットと制限解除の条件を設ける事が出来るんです。そして何に紐付いているかというと……大元のリーダーなんです。彼が各種の条件を設定でき、彼以外には出来ない」

「なるほどな。で、タイムリミットってのは今回の場合はどれくらいになるんだ？」

ええと頷き少女は指を三本立たせた。

「三日です。死のうが死ぬまいが、強制的に三日で時は先ほど設けたセーブポイントまで戻ります」

そこで木戸は……はっと息を呑んだ。

「三日間が……永遠に繰り返し続けられるという事か？」

「経験上、千回を数える辺りから頭がおかしくなりますね。何をしようがどうしようが三日経てば元に戻る。巨万の富を築こうが、どんな手柄を立てようが、稀代の美女と恋仲になろうが……全ては無に帰《き》します」

「時の牢獄か……言い得て妙だな」

「まあ……まだ実感は湧かないと思いますがすぐに分かりますよ。無限の時に、人は耐えられないという事がね」

「……」

「で、このループの一旦の解除条件はノーライフキングの討滅となります。最初のうち貴方は好きに過ごすでしょうがすぐにそれも飽きます。何しろ、条件を達成しなければ強制的にここに戻されるのですから」

「ノーライフキングと戦っても死ぬ。かといって、戦わずにお前等の命令を無視したとしても、同じ事を延々と繰り返し出口がない……か。出口を目指すのであれば何度も死にながら魔王級の化け物を単独で撃破しないと……」

「ご明察です」

「ところで一つ気になる事がある」

「何でしょうか？」

「【死に戻り】のスキルは譲渡可能って話なんだが……。だが、どうしてお前は俺に譲渡した？個人戦力を強化するためにお前等はいろんな方法で不死性を付与されているんだろ？　だったら……そこに矛盾は生じないか？　譲渡すればお前の不死性は失われる訳だろ？　そうであれば一人でずっと延々と時を経過させたほうが……」

「いろいろとありますが、一番直接的な理由は……私はもう壊れかかっているんですよ」

「壊れかかっている……っていうと？」

「【物理演算法則介入】の条件は自我に依存します。心が壊れていては上手く力を扱えないのは何となく分るでしょう？」

しばし木戸は押し黙った。

「自分の思った通りに物理法則を捻じ曲げる力……だったか？」

「言い換えるのであれば、ワガママを押し通そうとする強い意志が能力発動の源泉となります。心が壊れていて……どうして強い意志を保てるでしょうか？」

「それはそうかもしれないが……」

「同じ事を無数に繰り返し、死亡もまた無数に繰り返す。恒久の時を生きるというその意味を――想像してみてください。そして……私という自我の賞味期限は限界に達しました」

「だからこその譲渡……か」

少女は感慨深げに頷いた。

「心がタフなほうがいい。だからこその貴方です。いや、最初から壊れていると言ったほうがいいでしょうね……この場合は」

眼下に広がる景色を愛おしそうに眺める少女。

「それではサヨウナラ」

「さようならって……」

「貴方に【物理演算法則介入】のスキルを譲渡する前に私は……最後の介入を二つ行いました。一つは今の足場の重力係数をゆるやかに元に戻すという事。ゆっくりと足場は元の位置に戻るでしょう。当然、貴方が死ぬ事はありません。そしてもう一つは——私の身体をとりまく全ての抗力を限りなくゼロとし、防御力を限りなくゼロにするという事です」

そう言うと、少女は上空千メートルを優に超える眼下に向け、ゆっくりと一歩を踏み出した。

重力加速度に身を任せ落下していく少女は、安堵の笑みで木戸を見上げながらこう言った。

「ようやく解放された。私はこれで——死ねる」

すぐに少女は豆粒サイズとなり、やがて見えなくなった。

少女の言葉が事実ならば、程なく地面に赤いバラが咲くだろう。

木戸は地面に倒れ込んで空を見上げた。

そのまましばらく押し黙った後、笑い始めた。

「ハハっ……ハハハっ！　ハハハハハハっ！　よくよく考えてみればこれってラッキーじゃね？　確かにいろいろと面倒だが……でも要は最強への道が確約されたって事だろ？　心が折れさえしなければ——俺は最強になれるって事だろ？」

木戸は拳をギュっと握りしめた。

「やってやるよ……っ！　攻略グループのリーダーだか迷宮の踏破だか知らねえが……俺はこの状況を最大限に利用して立ち回ってやるっ！　金も女も全ては俺の思いどおりに……やってやるっ！　差し当たってはノーライフキングって奴を……血祭りにあげてやるぜっ！」

第九章　復讐の機

▼▼▼▼▼▼

野盗の集団を制圧したその夜。

体調が優れないという順平は、捕虜を縛ると早々に寝袋にくるまった。

焚火で暖をとる亜美は、妹のなずなと紀子、双方に視線を移す。

「えーっと。紀子さんって……確かこの集団ではそこそこお偉いさんなんですよね？」

「そういう事になってるわね」

「ちょっとお願いがあるんですけど……」

「借りは返す主義って言ってたのに、舌の音も乾かないうちにもう次の借りを作るつもり？

妹――なずなちゃんを保護したのは私なのよ？」

クスリと紀子は笑い、亜美はアハハと舌を出した。

「まあまあそんな事は言わないでくださいよ。出世払いでドカーンと返しますから」

「って言われてもねぇ……」

「じゃあ、言い換えちゃおうかな？　悪名高い賞金首の幹部を見逃してあげるから、お願い聞いてもらえないですかっていう……これはそういう話でもあるんですよ？」

紀子は懐の刃物に手をかける。

「待って紀子さん」

亜美もまた、毒液の付着した懐のナイフに右手をかけつつ、左手を突き出し、紀子を制した。

「待つって何？　喧嘩を売ったのは貴方が先だと思うけれど」

「喧嘩を売っている訳ではないんです。私も妹を助けてもらっている手前、貴方とは友好的な関係でいたいんです」

ふむ……と紀子は小首を傾げた。

「聞ける話と聞けない話があるわよ？」

「話は単純。生き残った唯一の盗賊団の幹部として、表向きでいいから私達に降伏してくれないですか？」

はてなと紀子は首を傾げた。

「そりゃあ構わないけど……どうせ私はすぐに、ここから離れるし。一団にも愛着なんて何もないし残された連中の事だってどうでもいいわ……どうしようもないクズ野郎ばっかだしね。で、それでどうするつもり？」

「私達は盗賊団の連中に選択肢を与えたいんです」

「選択肢？」

「このまま皆殺しにされてギルドに報告されるか、あるいは……穴掘りをするかどちらか好きなほうを選べってね」

「まあ、要するに貴方達は、ちょっとした工事をしたくてその労働力を求めてるって話なのね？」

「そういう事ですね。長くて一週間程度なので……了承願えませんか？　謝礼は野盗団から接収した金銭の二割でどうでしょう？」

了解とばかりに、紀子は亜美に右手を差し出した。

「君のツレは化け物みたいだからね。長い物には巻かれておくわ」

亜美もまた、右手で紀子の握手に応じた。

「なずなが懐いていますからね。別料金でレベリングだとか……いろんなお願いもしたいんですが……」

「しばらくは行く当てもないし、ゆっくりと村に逗留《とうりゅう》するのも……まあ悪くもない。条件次第では、追加のお願いを聞いてあげてもいい。でも、解せないわね」

「解せない？」

「妹の事は自分で面倒見ればいいんじゃないの？　貴方は見たところ相当な実力者……」

「時間がないんです」

「時間？」

「あの人と私には……一緒に過ごせる時間が多分……もうそんなに残されていない」

悲痛な表情の亜美に向け、紀子は首を左右に振った。

「了解したわ。なんだかいろいろと訳アリ……みたいね」

「まあ、そういう事で……妹をお願いします」

頭を下げる亜美に対し、紀子は肩を竦めて言った。

「ただし、私は自分に危険が及べば、すぐにトンズラかますからね？」

その言葉に、亜美もまた肩を竦める。

「それは私も同じですから」

そうして二人は固く握手を交わしたのだった。

そして数日後――

不死者の迷宮。

不死者の王《ノーライフキング》が総《す》べるこのダンジョンは、かつてダーマス村の土着の信仰の対象であった。

生命の輪廻あるいは不死を司る神が、崇拝の対象となるのは現在の地球でも珍しい事ではない。

けれど、それがゾンビの類の親玉であるアンデッドとなると、邪教と言われても仕方のない面もあるだろう。

周囲の村落からの差別と白い目。

領主から課される差別的な重税。

そういった迫害が長年続いた。

結局、ダーマス村の大多数の住民達は、反対意見との衝突で多少の血を流すなど紆余曲折を経て、最終的には自らの信仰を捨てる決断をした。

そして、ダンジョンの入口を大岩と砂礫《されき》で塞いだのであった。

ダーマス村から歩いて三十分程のところに広がる森の中。

今ここで、長い年月を経て、不死者の迷宮の入口を塞ぐ岩と砂礫を取り除く作業が行われていた。

「でも順平？　本当にいいの？」

「何がだ？」

「私は村に帰ってきて妹と再会した。本当なら私はこの村に少し逗留して……羽を伸ばしてから王都に向かうはずだった。そこで順平と一緒にAランク冒険者になって……そのまま私達はお別れっていう予定だった訳じゃん？」

「が、状況は変わった。お前は妹を引き取らなくちゃならなくなった。で、あればお前がやる事は無数にあるよな」

「……私が稼ぎ頭になって、姉妹でこの世界で生きて行かなくちゃならない。保護者はいないんだから……なずなには護身のために最低限のレベリングをしてもらう必要もある。そんな状況だから、私は順平とは一緒に行けない」

「で、妹のレベリングのために……アンデッドの迷宮を掘り返してるってのが現状だわな。この辺は魔物はおろか獣すらロクに出没しないしな」

「昔学者さんが調べた事があるんだけど、ダンジョンから溢れ出る禍々《まがまが》しいオーラが島全体を覆っているから、普通の魔物は近寄らないって話だね」

「それが理由で、更に薄気味悪い島だって言われてるんだっけか？」

「まあそれはいいよ。で、ノーライフキングってのはとんでもない化け物で……私じゃ対応できないよね？」

「伝承通りの実力ならそうだろうな。Sランク級冒険者でも討ち取るのは難しいだろう」

まあ、攻略法さえ知っていればレベル1の無職でも……あるいは子供でも討伐は可能だ。

その事は順平が身に染みて分かっていた。

いや、だからこそ順平はこの迷宮を掘り返すよう指示を出した。

「順平が一緒にいてくれるのは本当にありがたいんだけど……本当にいいの？」

「だから何の話だよ？」

「急ぐん……でしょ？　で、順平には無駄な時間を過ごしている暇は一秒たりともないんだよね？

もともと……私と同行していた事自体も……無理を言ってのお願いだったん……だよね？　そりゃあ、旅をしながら依頼をこなしてって話で完全な寄り道じゃなかったんだろうけど、それでも順平一人でやったほうが早かったよね？」

ああ、と順平は頷いた。

「俺の当面の目標はAランク級冒険者になって上級職に就いてステータスを大幅アップさせる事だからな」

「だったら……」

「でも……」と順平は何とも言えない表情を作った。

「確かにお前に付き合ってここに逗留するのは、俺のタイムスケジュールの遅滞しか招かねーだろうな。Aランク級冒険者になったとしたら、次は高レベルモンスターをぶっ殺して回ったりだとか、あるいは最高難易度ダンジョンに潜ってレアアイテムをゲットしまくったりと……そういう事をしようと思ってたし」

まあ、焼石に水だろうけど……と順平は心の中で呆れ笑いを浮かべた。

外の世界で、常識的な範囲の強化法をやったとして、あの迷宮で通用するとはとても思えない。レベルに至ってはそもそもほとんど上昇を見込めないだろう。

でも、やらないよりは幾らかマシなのも事実だ。

「私にはよく分からないけど……順平には差し迫った命の危険があって、だからすぐに強くならなくちゃいけないいんだよね？」

順平は無言で頷いた。

「だったら順平は私となずなに付き合う必要なんてないんだよ？」

亜美の言葉に順平は儚げな笑みを浮かべた。

Aランク級冒険者になる事は必定だ。だが、それ以外、どうせ外の世界で出来る事なんて、たかが知れている。

「期間限定での気まぐれだ。乗りかかった船だからな。お前ら姉妹についてはある程度の生活基盤が出来るまでは一緒にいてやるよ」

「でも……」

「つっても、不死者の迷宮最深部のアーティファクトだっけ？　アレには俺も興味あるんだぜ？　俺の役に立つかもしれない」

「不死を司るアーティファクト？　っていっても邪教の伝承でほとんど妄想みたいなもんだろうと思うけど……」

そんな事は順平も百も承知だ。

けれど、この場所にいるための理由付けとして、これほど使いやすいものもない。

――いろんな理由をつけて、ただ亜美と一緒にいたい。

ただそれだけの理由しかない事を順平はもちろん自覚している。

「ともかく、野盗の連中には頑張ってもらわないとな。なんせ……奴らは自分から俺らに協力するって言って来たんだからな」

「はは……順平が脅《おど》したんじゃん？」

「脅しとは心外な。俺はあくまでも奴らの自由意思に基づいて提案をさせてもらっただけだ」

呆れ顔で亜美は応じる。

「冒険者ギルドに突きだされて打ち首か、あるいは私達の役に立って解放されるかの二択だったらそりゃあこっちを選ぶでしょうよ」

順平の視線の先では、ズタ袋一杯の砂礫《されき》を運ぶ小男達や、ツルハシで大岩を粉砕している大男達が汗水垂らして働いていた。

封印されたダンジョンの入口は、採掘現場よろしくの大工事となっている。

働く者は先日壊滅させた野盗の生き残りだ。

敢えて半数生かしておいたのは、後々この作業をさせるためだった。

そして今、順平と亜美は作業を見守る現場監督という立ち位置で監視についている訳だ。

「でも……流石だよね。幹部は皆殺しにしたけれど、雑魚級でも基本的には猛者《もさ》揃いで力持ちが多いみたいね」

亜美の言葉通り、工事開始からたった数日で地表にはバカでかい穴が開くに至っている。

大昔の文献では穴を埋めるのに数年かかったという話だ。

が、順平の見立てでは作業開始から二日間で、掘り起こし工程の既に四十パーセント程は終了していた。驚異的なスピードである。

「これくらいやってくれないとそりゃあ困る。って……流石に勤務態度も最悪だな」

言葉と同時、二人の捕虜がそれぞれ全く別々の方角、森の中に向かって駆け出した。

捕虜達に緊張が走るが、誰も「脱走だっ！」という声はあげない。

それどころか全員が順平達に視線を向け、その対応を窺っていた。

捕虜達は日没まで働かせるだけ働かせられた後に、一食のドカ食い飯を与えられる。

そうして縄で簀巻《すま》きにされて睡眠を取り、夜明けとともに起きて働くというスタイルだ。

逃げるとするなら労働中か食事中以外にない。

それは全員が承知の上で、もしも順平達がこの脱走にマゴついているようならば「俺も俺も！」と我先に散り散りに森の中に逃げる気でいた。

いや、そもそも二人は別々の方向に逃げたのだから、この逃走自体に計画性があると考えるほうが自然かもしれない。

例えば、順平と亜美がそれぞれ別々に追いかければ、この場の監視はなくなる。

そうなったら追いかけられた最初の二人は捕まるだろうが、めでたく大多数の人員がトンズラをかます事に成功するという訳だ。

「どうするの順平？　私は左に――」

亜美の言葉を順平は手で制した。

そして懐からナイフを取り出して左方に投擲《とうてき》。

瞬時に、わずかな呻き声と人が倒れる音が聞こえた。

「左側の奴は殺した。お前はこいつらを見張ってろ」

「え？　どうして？　ナイフで解決するんだったら……もう片方も殺しちゃえば……」

「あっちのほうはすぐに殺ったが、こっちはまだ殺らない。ちゃんと理由はある」

「そりゃあまたどうして？」

「まあ、見てれば分かるさ——」

「……？」

突如順平は大声で叫んだ。

「作業しているお前らあああああああああああ！　今から十三分間の小休止だっ‼」

とはいえ全員が既にこの捕り物に見入っていた。小休止の宣告がなくとも手を止め、順平と亜美、そして逃げ出した二人に注目している。

順平もそんな事は百も承知だ。

「おい、亜美？」

「何？」

「って事で行ってくるから」

「う……うん……」

言葉とともに順平は消えた。

何の予備動作もなく一陣の風だけを残して——

同時に、ギャラリー一同からどよめきが湧いた。

「な、な、なんていう……スピードだよ……」

亜美も含め、まさしく全員の目にも留まらぬ動きだった。

一同揃いも揃って順平が消えた事には舌を巻いた。

とはいえ、とはいえ男が逃げ出してから既に一分以上経過している。しかも相手はAランク級の賞金首集団に名を連ね、決して雑魚ではない。

それだけの人間が視界の悪い密林の中を、全力ダッシュでジグザグに逃げた訳だ。

一本道の追いかけっこではない。

単純なかけっこであれば間違いなく順平だろうが、半ばかくれんぼの様相を呈しているこの状況では果たしてどうだろうか？

全員が固唾を呑んで順平の再登場を待っていたその時、再び風が吹いた。

そしてそこには——

——消えたはずの順平が、元の場所に立っていた。逃げ出した男の首根っこを、右手一本で掴みながら。

順平は地面に男を放り投げる。

「ひィっ！」

震える男を意にも介さず順平は言い放つ。

「一番最初に逃げたら殺すって言ったよな？」

「ひっ……ひっ……ふぅ……っ！　ひっ……ひっ……ふぅ……っ！　ひっ……ひっ……ふぅ……っ！　ひっ……ひっ……ふぅ……っ！」

順平は男の鼻っ柱に蹴りを入れた。

粉砕された鼻骨から大量の血液を噴出させながら男は叫んだ。

「あぎゃふっ！」

「で、俺は逃げたら殺すって言ったよな？」

「ひィ……ひいいいいいい！　おた、おた、おたすけえええええっ！」

「が、俺も鬼ではない」

「お、お、おたすけええええ！」

苛立ちを抑えながら順平は言った。

「だから言ってんだろ？　俺は鬼じゃねーってさ。そんなにビビんなよ？」

「……って言いますと？」

「十分だけ時間をやる。好きに逃げろ」

「……へ？」

「いいから逃げろ」

「どういう事で……？」

順平は懐中時計を取り出した。

「カウントダウン開始だ。いいのか？　残り九分五十八秒だぜ？　モタモタしてる時間が一秒でもお前にあるのか？」

男は決死の形相を作って全力でまた走り始めた。

つい先刻、一定以上の実力者が森の中を一分以上好きに逃げたのだから、最早追跡は難しいだろうと捕虜達の全員が判断していた。

が、順平は瞬時に相手を連れ戻した。

ところが今度は十分だ。

一定以上の実力者どころか、何の力を持たない子供でも、森の中を十分逃げたら相当の手練れであっても見つけ出すのは困難なはずだ。

と、普通なら思う。

だが、彼等がそう思うであろう事こそが順平の真の狙いだった。

順平は切り株に腰を落としてじっと時計を眺める。

急ぎの作業をしながらの十分というのは一瞬だが、ただ待つだけの十分というのはとにかく長い。

順平にとってもそうだったようで、大欠伸とともに立ち上がった。

「残り三十……二十……十……五……四……三……二……一……」

カウントゼロと同時に、順平は風とともにその場から消えた。

ギャラリー達は「お前のスピードは知ってるよ」とばかりのうんざり顔だった。

が、次の瞬間全員の表情が凍り付いた。

数秒も経たずして、再度順平は——元の場所に再出現し、逃げ出したはずの男の首根っこを、右手一本で捕まえて佇んでいたのだ。

「お前ら全員に一番最初に言ったはずだ。逃げれば殺すとな?」

順平はそう告げた刹那の後、男の頸動脈をナイフで掻き切った。

一同に戦慄が走る。その中で一人の男が呆然自失といった風に声をあげた。

「あ、あ、あ……」

懐中時計を眺めながら男は、涙と鼻水を流し始めた。

「時計を見てるって事は、お前は気付いたみたいだな?」

順平の言葉に、恐怖のあまり男は動けない。

「あっ……あっ……あっ……」

「いいぜ、発言を許可する」

真っ青な表情で男は振り絞るように言った。

「……十三分の小休止との宣言から……今この瞬間で十二分五十八秒です」

順平は息を大きく吸い込み、全員に聞こえるように叫んだ。

「俺から逃れる事は不可能だ！　俺は約束を守る！　ダンジョンの入口を塞ぐ瓦礫を全てお前らが排除すれば殺さないし……逆に言えば途中で逃げれば速攻で殺す！　殺す約束も殺さない約束も俺は必ず守るっ！」

その言葉に一同がビクリと体を強張らせたところで――小休止が終了した。

全員が作業に戻り、亜美と順平は切り株に腰を落とす。

と、そこで二人を呼ぶ声が聞こえた。

「お兄ちゃんは本当に……凄いですね」

「血を見るような暴力事にはまだ慣れないか？」

見れば蒼ざめた表情のなずながそこにいる。

「……私はあの人達が苦手です。いや……戦いが苦手です。血の臭いが……悲鳴が……全てが苦手です」

無理もない。

この世界の育ての親を殺した連中を目の当たりにしているのだ。

ある種のトラウマとなっている事は間違いない。

「これ……お姉ちゃん……昼ごはんだよ」

なずなが手に持った小包を亜美は受け取る。

「紀子さんは……優しくしてくれている？」

「レベルも5まで上がったよお姉ちゃん」

それを聞いて順平は溜息をついた。

この近辺には魔物はおろか獣すら出ない。

かと言って、順平も亜美もこの場を離れられないので便宜的に坂口なずなの強化は紀子に任せている。

紀子の実力は自称Aランク級冒険者という事だ。

ステータスはそんなものだが、スキルで相当な底上げがなされていると順平は見ていて、恐らく総合ではSランク級だろう。

彼女の先導でなずなを泊まりの遠征にやってレベリングをしているのだが——数日で5しか上がっていない。

世間一般的に言えば驚愕の速度だが、そんな速度では順平も安心して坂口姉妹から離れる事は出来ない。

やはりノーライフキングを……坂口なずなに単独で討伐させる必要があるか……

一体殺すだけでレベル２００近くまで上昇するような化け物だ。

なずながアレを仕留めれば、少なくともレベルだけなら表の世界でそうそう不覚を取る事はなくなるだろう。

幸いノーライフキングは罠に嵌めさえすれば簡単に処理できる魔物なので、なずなにとっては都合のいい相手かもしれない。

「あと、これはお兄ちゃんの昼食です……」

「おう、ありがとう」

順平が手を伸ばすと、なずなはビクリと体を仰《の》け反《ぞ》らせた。

「あ、す……す……すいません」

「いや、別にいいよ」

「お兄ちゃんは安全だって頭では分かっているはずなのに……どうしても体が反応してしまって」

「正直に言ってもいいんだぜ？　俺が苦手だってさ」

「……」

順平は首を振りながら諦めたように笑った。

「――確かに俺は血と死の臭いが濃すぎる。お前の反応は生物の……生き残るための本能として大正解だ。その危険察知能力はスキルによるものじゃあねえよな？　だったら、その第六感に従う事だ。お前は強くなれると思うよ」

何とも言えない表情で亜美が口を挟んだ。

「それじゃあ、お昼にしましょうか」


時は移り翌日の夕刻。

不死者の迷宮の採掘作業は、五割程まで進んだ。陽が完全に落ちるとともに捕虜達の作業は終了し、一日一食のドカ食いの配給が行われる。

本日の現場監督は順平と亜美ではなく、順平と紀子という事になっている。

亜美となずなは村に帰っていた。幼い二人の面倒を見ていた老夫婦が野盗に殺され、その埋葬と葬式を教会で行う事になったのだ。

この世界にも一応、死者を弔う習慣があった。

順平も立ちあってくれと亜美から言われたが、家族の間での話だから……と固辞した。

というより、紀子と二人きりになる必要があると考えていた順平にとって、この機会は頃合いとしてもちょうどよかった。

——まさか、亜美の妹を保護した紀子を、姉妹の目の前で殺す訳にはいかない。

野盗団を制圧した際に紀子に制裁を加えなかったのはそういう理由だった。

監視台代わりの切り株に腰掛け、順平は同じく隣の切り株に座っている紀子に問いかけた。

「紀子……さん?」

「ん? 何? JP君? 確か……出身はアメリカ……だったっけ?」

亜美となずなには「身内以外には自身が日本人である事は明かすな」と順平はきつく言ってあった。

必然的に、順平は亜美から紀子に……見たまんまの白人系アメリカ人として紹介された訳だ。

だが亜美はともかく、なずなから情報が伝わる可能性は高い。

最悪の場合バレても仕方ないと思っているが、少なくとも今のところ紀子にはその兆候は見られない。

自分が順平だと分かれば、必ず殺しに来ると警戒するのが普通だし、そうなれば殺し合いは避けられないだろう。

「ところでＪＰって何の略なの？」

「ジェームズとフィリップですよ」

「ふーん……」

紀子は胡散臭げに順平に視線を送る。

「それで、ですね……少しお話があります」

「話？」

「前から少し……紀子さんとは話をしてみたかったんですよね」

アイテムボックスから、順平は葡萄酒を取り出した。

次いで、グラスを出し、紀子に差し出す。

すると紀子はニヤリと口元を歪め、ヒュウと口笛を吹いた。

「何の話かは分からないけど……まあ、それなりに話が分かる子みたいじゃない？」

「そりゃあまあ……ね。酒は嫌いじゃないですから」

順平は紀子のグラスに酒を注ぎながら尋ねた。

「興味があるんですよね」

「興味？」

「ええ、この世界に来てから、皆さんがどういう軌跡を辿ってここに来たのか。亜美の事情は大体聞きましたし……ね」

紀子はグラスに口をつけ、再度口笛を吹いた。

「美味しいわねこれ」

「女性にはこういう甘い酒のほうがいいかと……」

発酵途中の酒だ。

酸味というより明らかな炭酸の風味。

完成された醸造酒と比べて果糖の甘味がかなり強い。

葡萄チューハイに近い味だろうか。

「分かったわ。お酒も美味しいし監視も暇だし……で、私の事情だったっけ？　どうしてまた……そんな事を知りたいの？」

「アメリカと日本。我々は人権に守られた法治国家で生まれ育ちました。そしてそれ相応の道徳観念も持ち合わせています。しかし、その意味でこの世界は……ほとんど原始時代のようなもんです」

少し考え、紀子は儚げに笑った。

「はは、全くその通りだね」

「これから先……どう生きていけばいいのか迷っています。だから参考までに……同じ境遇の……地球から転移した方々の生きざまを参考にさせていただきたいなと思いまして。この世界に転移してから何を思い、そしてこれから何をするのか」

亜美はグラスの中の赤い液体を、しばしの間眺める。

そして一気にその全てを飲み干した。

「かなりヘヴィな話になるけど、大丈夫かな？」

「ええ、構いません」

順平は亜美のグラスに葡萄酒を注ぎながらそう返した。

「ははは……これは……あんまり人に話したい事じゃないんだからね？　で……出来れば人には言わないでね？　特に……なずなちゃんはショックを受けると思う」

「それはもう……」

グラスを揺らしながら紀子は空を見上げた。

「あの姉妹を見てたら、なんだかいろいろとセンチメンタルになっちゃってさ」

「……」

「誰かに聞いてもらいたい気分になってたのかもしれないね」

紀子はそうして、ポツポツと語り始めた。

異世界転移したあと、狭間の迷宮の近くの村で暮らし始めた事。

そして、幼馴染を生贄として迷宮に喰わせた事。

木戸に捨てられて奴隷市場に売られた事。

巨人に買われて、巨大なモノを受け入れられるように膣と子宮に外科手術を施された事。

そこまで聞かされた順平は、アイテムボックスから次の酒を取り出した。

今度は、濃い蒸留酒だった。

紀子の話はまだ続く。そこから更に、巨人に売られ、元クラスメイトに買い戻され、そこで無理矢理強姦された事。


――そして自分は、その絶望の淵から気持ちを切り替え、奪われる側から奪う側に立った事。


そこから転々と強者に取り入り、その寝首を掻き、紀子は金と装備と経験値を奪い続けてきた。

スキルハントの能力と強者のスキル奪取という肝心要の部分は伏せられていた。

だが、同じ能力を持つ順平は、先日野盗の頭目を殺した紀子がスキルカードを持っていたのを見た事もあり、薄々とその事には気付いていた。

それ以外については、紀子は一切の脚色のない事実だけを淡々と語った。

全てを語り終えると、順平は押し黙った。

一分、二分、三分――

あるいはそれ以上の時間。

沈黙を破ったのは、順平のほうからだった。

「……どう思っているんですか？」

「何を？」

「……最初に生贄に捧げた幼馴染についてです」

たっぷりと間を空けて、紀子は首を左右に振った。

「全ては後の祭り……かな」

「後の祭り？」

「実を言うとね。私は特殊な能力を持っているんだ。そしてその子も……多分特殊な能力を持っていた。ステータス的に私もその子も一見クズなんだけどさ。まあ、あとから分かったから当時はどうしようもなかったんだけど」

順平は確信する。

――やはり紀子もスキルハントの能力を持っている。

外の世界での基準だが、相当にレアなスキルを奪ってきたと見て間違いないだろう。

順平と紀子のステータスには天地の差がある。だが、順平自身もそういった連中を相手にしてきたから、決して油断は出来ない。

「で、後の祭りというのは？」

「私は生きるために木戸……まあ、当時のリーダー格だね。そいつに取り入った。そして幼馴染の命を差し出した」

「……ええ、そのようですね」

順平は懐に手をやる。

魔獣《ケルベロス》の犬歯から、しっかりと冷たい感触が伝わってくる。

「本当はそうじゃなくて……二人で逃げるっていう手もあったんだと思う。で、多分……それが正解だった。あの時の私はとにかく生きるのに必死で……女という事を武器にするしかなかった」

「……なるほど」

順平は首を左右に振った。

「ワインに続きウイスキーも空きましたし、そろそろお開きにしましょうか。夕暮れ前なのに少し飲みすぎました。一応は捕虜の監視中ですしね」

「うん、そうしましょうか」

「……辛い話をさせてしまって何だか申し訳ありませんね」

「いやいや。こちらこそ嫌な話を聞いてくれてありがとう。何だか楽になったよ」

「……そうですね。抱えている事を人に話すというのは悪い事ではありません。本当にそう思います」

順平は立ち上がった。

「それじゃあこれで本当にお開きにしましょう。あとは捕虜どもに食事を与えて全員を縛って終わりです」

「今日はありがとうね」

ところで……と順平は掌を叩いた。

「長い人生には何が起きるか分かりません。この先に私が……貴方の幼馴染に会わないとも限りません」

「限りなく、ゼロパーセントに近いだろうけどね」

「でも、ゼロではない。もしも会えば言伝《ことづて》なら出来ますが……何か伝えたい事はありますか？」

順平はニコリと笑い、再度懐に手をやった。

犬歯の冷たい感触を右手に感じ、頭の中で紀子の頸動脈を掻き切るパターンを数通りイメージする。

手足を切断したうえで、発情したゴブリンやらオークやらの群れに放り込むという選択肢もあったが……亜美の妹を保護してもらった件もあるので、多少の情状酌量を加え、即死で許してやらない事もなかった。

紀子は順平の質問に対し、空を見上げながらしばし考えた。

「そうだね……。私の名前は伏せて、どうか生き延びて……とだけ伝えておいて」

「……名前は伏せて？」

「あの人が生きているとしたら、私という存在自体があの人の気持ちを不快にさせるだけだから」

「なるほど……。そして、謝罪ではなく……上から目線のエールだけ……ですか？　貴方が絶望的な死地に突き落としたんでしょう？」

今すぐにも魔獣《ケルベロス》の犬歯を突き立てそうな程、順平の筋肉は強張っている。

紀子は目を伏せ、消え入りそうな声色で言った。

「ごめんなさいという資格は……私にはないから。ただ……彼には……本当に生き延びてほしい」

「……」

「……」

「……」

長い沈黙だった。

そこで順平は犬歯から手を放し、吐き捨てるようにこう言った。

「言伝は確かに受け取りました。もしも出会えば必ず伝えておきます」

そこで遠方の空が明るくなり、少し遅れて炸裂音が届いた。

見ると、夜空に一輪の花が咲いていた。

「あっ……」

「花火ですね」

何発も花火が上がる。

星空を彩る色とりどりの夜空の華。

今日は野盗に襲われて命を落とした人間達の合同告別式だ。

人数が人数なだけに教会にはそれなりのお布施が寄せられ、多少派手に出来たという事だ。

「子供の時を思い出しますね。縁日と花火大会……懐かしいな」

と、目の前の男が呟いた言葉に、紀子は眉を顰めた。


――アメリカに、縁日の文化……？


彼女は順平の顔をマジマジと眺める。

「ねえ？」

「なんでしょうか?」

「JPって……あんたひょっとして………ジ……」

言いかけた途中で炸裂音を通り越し、爆発音が響いた。

中国の旧暦で、新年を祝う際に爆竹を鳴らす習慣がある。

それと似たようなものらしい。にしてもこの爆発は……少しやりすぎだ。

まあ、告別式にあたって順平が匿名でかなりの枚数の金貨を寄付しているのだから、神父が張り切ってしまうのも無理はないが。

「凄い音ですね……で、どうかしましたか?」

「ううん」と紀子は首を振った。

「……?」

「何でもないよ。だって……確認しても仕方のない事だから」

「……ん?　ちなみに紀子さんはこれからどうするつもりなんです?」

「亜美ちゃんとなずなちゃんが落ち着いたら出ていくつもりよ。私には——殺さなくちゃいけない奴らがいるから」

順平は肺腑から息を漏らし、クックと笑った。

「奇遇ですね。私もそうなんですよ。私も——どうしても殺さなきゃいけない奴がいる」

お互いに殺さなきゃいけない相手がいる。

そしてその最終ターゲットは、恐らくは同一人物だろう。

だが——順平と紀子の道は決して交わる事はない。

全てを許して共闘するには、紀子はあまりにも順平の心を深く抉《えぐ》り過ぎた。

とにもかくにも……と順平は空を見上げた。


——殺し損ねた……か。しばらくは保留だな。こうなっちまったら、様子を見るしか……ねーな。

夜空に咲く久しぶりの花火に舌打ちをした順平だったが、その顔色には本当に微かだが、安堵の色が混じっていた。


二日後。

朝を告げる雀の鳴き声の中、ベッドの上で亜美は順平に尋ねた。

「脱走者は二名って事でいいんだよね?」

「で、死亡者もそいつら二名だけだな」

「あの見せしめの効果はテキメンで……あれ以降、脱走者はいないよね。本当に凄い事だと思うよ」

「そりゃあまあ、あそこまで丁寧にデモンストレーションした上で、俺が逐一見張ってたら逃げられる訳がない」

「で、それ以上に……工事の作業効率も上昇している」

「ああ」と順平は頷いた。

「さすがは高ランクの賞金首連中だ。力仕事の効率は絶大で、今日中には入口の瓦礫《がれき》も全部片付ける事が出来るだろうよ」

でも……と亜美は渋面を作った。

「本当に順平はあの連中を解放するの？」

「ああ、約束だからな」

「でも、あんな連中を野に放してしまうと……」

順平は亜美に向けてウインクをした。

「無論、解放っつっても、あくまでも労働からの解放だぜ？　近場のギルドに引き渡すさ」

「え……」と亜美は絶句した。

「縛り首で結局死ぬんじゃゃん？　順平は生き残るか死ぬかを選べって……言う事を聞いていればお

前等は殺さないって……」

順平は人さし指を立て、チッチと鳴らしながら首を左右に振った。

「いや、だから、俺は殺してねーだろ？　確かに俺は、今すぐギルドに引き渡されて晒し首になるか、あるいは労働をするかどちらかを選べとは言ったよ？　で、労働をした後にギルドに引き渡すよって話は……その場では伏せてただけだろ？」

「でも、ギルドに引き渡されたら衆人環視の上で処刑人に殺されるんじゃん？　良くてギロチン、悪ければ馬に括りつけられて死ぬまで市中引き回し……」

「いやいやいや」

首を何度も振る順平に、亜美は小首を傾げた。

「だから、俺は殺してねーだろ？」

言葉の意図を理解して亜美は破顔した。

「はは……ははは っ！　順平も相当に酷いよね？　そんな酷い詭弁を聞いたのは久しぶりだよ」

「まあ、俺は悪人ではないが……決してお人好しではないな」

そもそも……と、順平は言葉を続ける。

「ギルドの話では、こいつらを引き渡せば……俺らのAランク級のノルマはこれで晴れてクリアだ。逆に言えば奴らを引き渡さなければAランク級になれねーって事な？　で、当たり前の話だが、これ以上無駄な時間を過ごす訳にもいかねーんだよ」

「無駄な時間……ね。で、順平はそれからどうするの？」

順平はしばし押し黙る。

が、亜美に伝えるべき事はもともと決めていた。

あとは、決定的なその言葉をいつ言うか、そのフンギリが付くか否かだ。

押し黙る順平に、イラっとした様子で亜美は尋ねた。

「ねえ、どうするのかって聞いてんだけど？」

「不死者の迷宮の最深部に何があるのか確かめたら出ていくよ。お前の妹もその頃までにはある程度レベリングが終わっているはずだ」

「……どうしてそうなるのかは……結局……私には教えてくれないのね？」

「どうしようもない事だからな。どうにかなるような話なら……お前には……お前にだけは言っている」

そうして二人は押し黙り、ベッドの中でただ力強く抱き合った。


翌日。

ダンジョンの入口を覆っていた瓦礫を概ね排除した後、順平は宣言通り野盗の捕虜達を解放した。

とは言っても、それは全員を近くの街のギルドに届けるという話なのだが。

全員が腰と両手に縄をつながれている様は、奴隷商人の一団だと思われても仕方のない光景だった。

死の宣告を告げられた一団の目からは完全に正気は失せている。その意味でも奴隷の一団に近いものがある。

順平が彼らを連れて行くのを、亜美は見送った。

そうなれば特に亜美にはやる事がない。

彼と一緒に寝て起きて、彼と一緒に捕虜を監視し、食事を与え、そして捕虜を縄で縛って。

ここ数日のルーチンワークだったが、それがなくなると、どうにも手持ち無沙汰になってしまう。

紀子となずなは、朝も早くから不死者の迷宮の低層に潜っていた。

順平の見立てでは駆け出し冒険者でも十分に対応できる雑魚しか出ない。

だから、紀子に任せていれば……なずなに危害が及ぶ事はない。

特にする事もなく、村の中央広場で亜美は流れる雲を眺めていた。

「順平と一緒にいる事が出来る時間……あと一週間？　あるいは二週間？　はたまた……一か月？」

溜息をついても誰も返事をくれない。

その時だった。

突如現れた冒険者風の男達七名が、亜美に声をかけた。

「そこの綺麗なお嬢さん？」

「ん？　まあ、綺麗って事は否定しないけど……って言っても、私より綺麗な人はたくさんいるよ？」

まんざらでもない様子で亜美は応じた。

「っていうか、否定しないのか。驚いたね。少し尋ねてもいいかな？」

「その前にまずは貴方達が何者かを聞きたいわね？」

「これは失礼」と言うと、リーダーと思しき三十前後の男は頭を下げた。

装備からすると剣士である事は明白だ。

ただし、その装備の質からも並の剣士でない事は明らかだった。

それは彼が引き連れている集団もまた同じだ。

「我々はSランク級の冒険者だ。主に賞金首を追っている」

「野盗の集団の事ですか？」

「話が早くて助かるな」

少し考え、亜美は言った。

「……その件についてはもう片付きましたよ」

「片付いた？」

素《す》っ頓狂《とんきょう》な声で男は亜美に尋ねた。

「どういう事なんだ？」

「いや、だから片付いたんです」

「相手はAランク級の賞金首に数えられるような……とんでもない連中なんだぞ？」

亜美は両肩を掴まれて困ったように首を傾げた。

「んー……何て言ったらいいのかな？」

「ふむ？」

「とりあえず、凄かったんですよ。男女の二人組で……こう、何ていうかスパパってやっつけちゃったんです」

男は亜美の両肩から両手を外す。

「最近噂の……賞金首ハンターの二人組か」

納得したように男は何度も頷いて言葉を続けた。

「しかし、そこまでの実力者なら……是非とも我々の一団に欲しいんだがな。君はその二人に面識は？」

「遠くで見てただけなので……」

「まあ、そりゃあそうか。で……野盗団は壊滅という事でいいのかな？」

「ええ、男の人が野盗どもを縛って、近くの街に連行していきました」

「全く……してやられたな。これじゃあ無駄足じゃないか」

冗談交じりに男は笑い、そして自らの懐に手を差し入れる。

銀貨を一枚取り出して、亜美に言った。

「と、いう事で我々は帰るよ。とんだ無駄足だった……」

「このお金は？」

「森を抜けた街道まで道案内を願えないか？　この近辺は分かれ道が多くて……難儀するんだよ」

少しだけ間を置き、亜美はコクリと頷いた。

「まあ……お駄賃《だちん》ももらえるみたいですし、暇だしいいですよ」


薄暗い森の中を亜美と一団は行く。

「何か……おかしくないですか？」

「おかしいというと？　どういう事だ？」

「基本的にこの島の周囲には、魔物は現れないんですよ。もともと島自体が非常に大きな力を持ったダンジョンで……普通の魔物は近寄らない」

「そういう風に聞いているな」

亜美は怪訝そうに眉を顰めた。

「でも、今……複数の魔物の気配を感じます」

亜美の言葉を受け、一団のリーダー格の男は感嘆の溜息をついた。

「君の職業は？」

「盗賊《シーフ》です」

「だろうな。気配探知のスキルも非常によく磨かれている」

「貴方も気付いていて……？」

「ああ、当たり前だろう？　我々はSランク級の賞金稼ぎなんだぞ？　当然、この中には腕利きの盗賊《シーフ》もいるんだ。まあ、君は心配しなくてもいいよ」

ふむ……と亜美は顎に手をやった。

「でも、本当に大丈夫なんですか？」

「反応は二十と少しだね。はぐれ魔獣の家族連れか何かなんだろうな」

と、周囲に漂う殺気が膨れ上がり、一団に緊張が走る。

同時に男も腰の剣の柄《つか》に手をかけた。警戒態勢に入ったとはいえ、全員が余裕の表情だ。

だが、亜美の背中には嫌な汗が流れた。

亜美もナイフを懐から抜き出す。

「いや、いいよ君は何もしないで。むしろ邪魔だから安全な位置で高みの見物と決め込んでもらいたいんだがな」

「え？」

「魔獣の群れ……強さまでは分からないが、どうせ雑魚だろう。我々を倒す事の出来る魔物なんてこの世にはほとんどいない。こんな田舎でそんなのに遭遇する道理もない」

亜美もそれには同感だ。

そもそも、これだけ人里に近い場所で、強力な魔物が出たという話は聞いた事がない。

けれど……どうにも嫌な予感が拭えないのだ。

「まあ、雑魚とはいえ……魔獣の死体をギルドに持っていけば路銀の足しにはなるだろうさ。毛皮は無論の事、種族によっては肉も高く売れるからな」

冗談っぽく男はそう言った。

亜美もクスリと笑ってこう応じた。

「まあ、私にくれた銀貨一枚程度にはなるんじゃないですか？」

そんな風に言って二人は笑い合う。

「とはいえ、気を付けてくださいね？」

「ははは、もう一度聞くが、どこの世界にSランク級冒険者のパーティが警戒しなければいけないような……そんな馬鹿げた魔獣がいるんだ？」

「まあ、そりゃあそうなんですけど」

「そんなもんがいるなら目の前に是非とも連れてきて――あびゃっ！」

瞬間――男の上半身が消えた。

そして凄まじい衝撃波が周囲に吹き荒れる。

音速を超える何かが亜美の眼前を通り過ぎ、そして男を食い散らかした――つまりはそういう事であった。


――完全な不意打ちだった。


亜美は咄嗟《とっさ》にバックステップを踏んで、下半身だけとなった男から距離を取った。

とにもかくにも、まず第一に周囲の状況を確認する。

どうやら、何かが遠くから跳躍してきて、そのままバクリと男の上半身を一呑みにしたらしい。

間違いない。

その何かが跳んできた方向に視線を移す。

跳躍の際、地面に残されたらしい巨大な足跡は、明らかに獣のモノだった。

「あぶっ！」

「にひゃっ！」

「は……ぐびひゃっ！」

軽い悲鳴とともに、続けざまに周囲に――血が、臓物が、脳漿《のうしょう》が飛び散っていく。

次々とボロ雑巾のようにSランク級冒険者が潰れ、食われ、倒れていく。

動きを見る限り、彼らと亜美との力量差はそこまで感じない。

Sランクとは言いつつも、Aランク級の上位に毛が生えた程度の連中らしい。

「ちょっと……勘弁してよっ！」

亜美はその場で出鱈目に飛び回る。

――とにかく、棒立ちは不味い。動いている的《まと》とそうでない的であれば、どちらが当てやすいかは子供でも分かる。

動き回りながら、亜美は状況の把握に努めた。

男が引き連れていた連中の幾人かは、瞬く間に殺された。

戦闘の形跡すらない事から、神速の噛みつきで即死だったのは明白だ。

「むぎりっ！」

「したらっ……ばっ！」

更に二人の悲鳴。

これでSランク級を誇る賞金稼ぎ達が全滅した事になる。

亜美の視界に、先ほどからチラチラと三つ頭の犬が見えた。

これは確か……と亜美は思う。

「ケルベロス？」

日本でも有名な神話の魔物だ。ここ最近、噂で何度か聞いた事がある。

その魔物が今、亜美の周囲に散開していた……。しかもその数、二十体超……

「ははっ……はははっ……何よこれ、何なのよこれ？」

突然目の前に現れた死神。

亜美の実力では到底太刀打ち出来ないだろう。その証拠に、動きをロクに視認する事が出来ない。

そう。盗賊《シーフ》という職業で、回避のステータスに優先的に振り分けているはずなのに——動きを捉える事すらまともに出来ないのだ。

周囲には、Sランク級のパーティの肉片が飛び交っている。

自分が最後の獲物として残されたのは、恐らく最も力の弱い者だと判断されての事だろう。

亜美の眼前十メートルの位置で、一体のケルベロスが静止する。涎をボトボトと地面に垂らしながら、こちらを見ていた。

「あ……」

「……あ……ぁ……くっそ……」

冒険者とは、とどのつまり荒事も含めた汚れ仕事を金で請け負う仕事だ。

だから、いつかこんな時が来るだろうとは思っていた。

この世界の荒事に身を置いていれば、それは当たり前の話だ。

だが、少なくとも絶対的強者である順平が側にいる状況で、こんな事が起こるとは亜美も思っていなかった。

正直に言えば、それは慢心だった。

銀貨一枚程度で、素性も分からない一団に付き従った事を、慢心以外になんと表現すればいいというのだろう。

順平に依存し過ぎた結果できた、心の隙だ……

亜美は歯ぎしりしていた。

そして、ケルベロスが足に力を込め、音速でこちらに向かって駆け出す。

――ああ、こりゃあ終わったわ。

迫る相手の――動きがロクに見えない。
ただただ絶望の中で、亜美は瞳を閉じた。

――順平……なずなを……お願い……

瞼を閉じ、唇を強く噛んで来《きた》るべき人生最後の衝撃に備える。

……

が、いつまで経っても衝撃は訪れなかった。
恐る恐る、亜美は瞼《まぶた》を開いた。
「スキル【暗黒領域】」
その言葉だけが、亜美の耳に届いた。

いつの間にか、明るかったはずの周囲は漆黒の闇に包まれていた。

それどころか、周囲の生命の息遣い、気配も消失している。

そこで突然、亜美は背中から何者かに羽交い締めにされた。

「アッ……ァ――――っ！」

暗闇の中で亜美は叫び声を上げようとする。

だが、その口が掌で塞がれた。

「お願いだから……黙って」

声を聞いたところで、亜美は冷静さを取り戻す。そして深呼吸を一つ。

「……紀子さん？」

「君……本当にギリギリもいいところだったじゃない？」

亜美は周囲に視線をやった。

そして冷静に現況を分析して息を呑んだ。

「これ……隠密系のスキルですよね？　この一面の暗闇……それに、かなりのレベルで気配と音声の遮断も行っていますよね？」

「まあ、煙幕の効果はせいぜい五十メートル程だけどね」

「とんでもないスキル……じゃないんですか？」

「まあ……」と、紀子は意味深に笑った。

「手に入れるのに苦労したからね。そりゃあ、それなり以上に有効に活用できないと困るわ。とはいえ、これは定められた座標を中心に展開する煙幕で……煙幕を張りながら移動は出来ない。つまり、ここから動く事は出来ない」

「でも、どうして紀子さんが？　今……なずなと一緒に不死者の迷宮に潜っていたはず……」

「君の妹さ。とんでもなく……勘が良くない？」

「まあ、確かにあの子はペットの死を感じ取ったりだとか……そういうところはあるけど……」

「それで様子を見に来たって訳よ。あの子はダンジョンで待たせてるから安心して」

「しかし……」と紀子は肩を竦めた。

「神話の魔獣……ね。スキルで特殊な煙幕を張ってるから警戒して近寄ってこないけれど……。煙幕に呑みこまれた連中もその場で待機して、即時に反撃できるように態勢を整えているわね」

「紀子さん？　煙幕を張ったまま逃げる事は出来ないんですよね？　だったら大量のケルベロスが待っているこの状況では……ただの時間稼ぎのジリ貧ですよね？　他に何か有効なスキルはないんですか？」

「いろいろとスキルは持っているけれど、ここまでの化け物に通用するのは今使ってる目くらまし程度しかない。で……この煙幕にしても更に問題があってね？」

「問題？」

「ケルベロスみたいな遥か格上相手でも通用するレアスキルだけど、そうであるが故に時間制限があるの。そもそも一対一で面と向かって対峙している状況なら、ほぼ確実に逃げられるようなチートスキルだしね」

「時間……制限？」

「ええ、時間は三分。そして私がこの時間内に出来る事、してあげられる事は一つ」

「一つ……ですか？」

「ええ、せめて、状況説明をしてあげる事」

はてなと亜美は小首を傾げた。

「君の妹は、ダンジョンの低層に隠れている。これは本当。でも、妹の勘を頼りに来たっていうのは嘘」

「……何を言っているんでしょうか？」

「ダンジョンの最下層にいるはずのノーライフキングが、何故か出てきたのよ。それで私はなずなちゃんを隠れさせて、応援を呼ぶためにＪＰ君と君を探していた」

「ノーライフキング……が？」

「最下層は、君の彼氏と一緒に攻略する予定だったよね？　で、実際に君の彼氏なら攻略も出来るんでしょう。まあ、確かにそっちは修正可能なアクシデントって感じだったんだけど……この状況は本当にいただけない」

「ケルベロス……」

「ええ、これだけの集団だと、大国でも果たして何日、いや何時間対抗できるかしらってレベルね。そして私の広域索敵スキルによるとケルベロスは、村を包囲している」

「索敵スキルも持ってたんですか？」

「重要なのはそこじゃなくてね……どうにも数時間前から村から離れようとする人間がすべて殺されているみたいなの」

　亜美は驚愕の表情を作った。

「それってどういう事ですか？」

「不死者の迷宮の入り口が開いた事と、何かつながりがあるんだろうけど、私には分からない。ただ一つ言えるのは、この状況は、力ではどうにも出来ない。君の彼氏も大概みたいだけど、ケルベロスの集団となったらSランク級の上位集団が数十人いても敵わないわ。つまり、どうしようもない。正面きって立ち向かうのはもちろん、特殊なスキルもなく村から離れようとしても、殺されるわね……」

「……」

「で、正攻法で状況を打破できないなら……どうやって敵を欺《あざむ》き、うまくトンズラをかますか……って事なのよね」

「逃げる事が出来るんですか？　この状況で？　相手は超音速で追いかけて来るんですよ？」

「普通なら無理よ。だから——」

刹那、紀子は亜美の背中を思いきり蹴飛ばした。

「——ごめんなさいね。私が優しくいられるのは……安全な状況で余裕がある時だけなの。だって……私には生きて、やるべき事があるから」

同時に煙幕が解かれた。

警戒しながら煙幕を眺めていたケルベロス達の視線が、亜美にだけ集中する。

その場には紀子もいる。だが、獣達の視線はただただ亜美だけに向けられていた。

明らかな違和感。

そう、亜美が感じた時——

「タネ明かしをするとね？　今、この状態はスキル……【大脱走】【気配霧散】【神速】【捨て肝】……の重ね掛けよ。それじゃあね」

そう言い残し、疾風の速度で音もなく駆け出し、消えていく紀子。

【捨て肝】というスキルは、味方に敵の全神経が注がれるように仕向けるスキルだ。

いざという時に非常に有用なレアスキルなのだが、他者からは嫌われるスキルでもある。

万が一パーティの仲間にこのスキルを持っている事がバレれば、即時に袋叩きにされ追い出される事だろう。誰が好き好んで、いざとなったら味方を見捨てる者に背中を預けるというのだろう。

取得自体非常に困難な超絶レアスキルで使用者もほとんどいないのだが、悪名高いが故にその知名度は高かった。

「くっそ……最初から私をダシに使うために……それだけのためにわざわざ……」

亜美の読みは正しい。

ケルベロスが村近くの森に散開している事に気付いた瞬間、紀子は坂口姉妹を見捨てて村から離れる事を決意していた。

だが、彼女は索敵のスキルで村から出る者が無差別に殺されている事に気付いた。

普通に逃げたのでは殺される……そこで考えたのが【捨て肝】のスキルだ。

結果、自分にも向けられるはずのケルベロス達の包囲網の全てを——亜美に被せた。

「待て、待て、坂口亜美。冷静になれ……ここでテンパっちゃってどうすんのよ。今、一番危ない状況に置かれているのは私で……なずなについては多分……当面は無事。紀子さんが言っている通り、迷宮の低層の比較的安全な場所に隠れていると見ていい」

何故なら、紀子にとってその時はまだ安全な状況だったからだ。であれば彼女は……少なくとも、なずなに対しては優しくいられたはずだ。

「くっ……！」

ほとんど勘を頼りに、亜美は横っ飛びに跳んだ。

猛烈な質量がつい先ほどまで亜美がいた空間を通り過ぎていく。

「何とか躱したけど……今のはほとんどマグレ。初動の一瞬しか、捉えられない」

周囲にはケルベロスの群れ。

蒼ざめた表情で、亜美は半ば悲鳴のように叫ぶ。

「――来るっ！」

初動だけは逃すまいと目を見開き、相手がブレた瞬間に再度、右に横っ飛び。

「グっ……」

跳躍の最中、腹部に熱が走る。

地面を滑るように着地し、跳躍の勢いを殺しながら、亜美は自らの腹部に恐る恐る視線を落とす。

皮と肉が裂けて、内臓が露出していた。

――これは、よくない。まず……助からない。

内臓の一部が傷ついたらしい。

これは相当にクリティカルな状況だ。

ブワっと脂汗が噴出して、亜美はその場に倒れ込んだ。

森の木々と空を見上げる形となった亜美の視界。

それを遮るようにケルベロスの三つ頭が迫る。

「――ここで……終わりか」

たとえこの場を切り抜けたとしても、腹の傷の具合から長くはもたないだろう。

それを分かっているのに、眼前のケルベロスに亜美は畏怖を感じ、体は無意識に震えた。

目の前にいるのは、死という概念を具現化した、紛れもない神話の魔獣なのだ。

人がどうこう出来る存在ではないからこそ、危険度も神話級に認定されている。

全ての人間はその力にひれ伏し、そして自らを捧げ、ただ喰われるほかない。

だが――

人を超越したものであれば――その限りにはあらず。

樹上から落ちてきた黒い影が、宙に浮いたまま手を動かす。

同時に、ザシュっと森林に斬撃の音が鳴り響いた。

三つ頭を足場に飛び回り、何度も何度も巨大な頸動脈を切り裂いていく。

ケルベロスの頸動脈はヒトの親指程の太さだ。

流れる血液の量も多く、血流も速い。

刃物にたっぷりと塗られた毒物が、頸動脈から瞬く間に全身に行き渡る。腕を喰わせたあの時よりも、速く。

ズシィーーンと重低音とともにケルベロスが倒れた。ギョロリと白目を剥き、三つの口からだらしなく舌を出している。

パンパンと掌を叩きながら、順平は困ったように呟いた。

「……少し留守してただけで、相当なお取込中になっていたみたいだな」

「………なずなが……不死者の迷宮に……取り残されて……」

順平は亜美の腹部に視線を落とした。

「よく……ねーな」

沈痛な面持ちの順平に向け、亜美は儚く笑った。

「……う……ん……私は……も……う……ダ……メ……ノーライフ……キン……グ……が……低層……に……」

順平の見立てでも、亜美は十中八九助からない。

この村には回復魔法の使い手なんていないし、医療設備もない。

万が一可能性があるとしたらただちに応急処置を施したうえで、最速で数十キロ離れた大きな街に出向く事だった。

だが、亜美は言った。

不死者の迷宮になずながいると。

そちらも待ったなしの状況らしい。

「紀子はどうした？　どうしてなずなが置き去りにされている？」

「……紀……子……さ……ん……。自分……助かる……ため……裏切……」

「もういい。喋るな亜美」

うんと頷くと、亜美は脂汗を浮かべながら微笑を作り、そのまま瞼を閉じた。

「まったく……どいつもこいつもどいつもこいつもどいつもこいつも……どうしてこうもカスばっかなんだよっ……」

周囲のケルベロスを、順平は睨み付ける。

「ノーライフキングにケルベロスだって？　初っ端《しょぱな》に出てきた中ボスが……雑魚のラッシュみたいに出てくるってか？」

順平は吐き捨てるように咆哮《ほうこう》した。

「この世界はどんだけクソゲーみたいなお約束を連発すれば気が済むんだよっ！　クソッタレがっ！」

エピローグ　最深部

▼▼▼▼▼▼

いつかも分からない時空。

ここは迷宮の最深部と呼称される場所だった。

一面に広がるのは、岩肌の荒野。

草一本見えないそこには、延々と地平線が続いている。

この階層は入ったと同時に安全地帯となっていた。

——坂口なずなと郷田洋平は、その安全地帯に並び立っていた。

「……ここが最終階層。次の扉を開けば、全ての世界の深淵がある」

どう見ても三十代後半の見た目である老け顔の男性——二十八歳のトレジャーハンターは首を傾げる。

「世界の深淵？　迷宮のゴールじゃなくてか？」

「そう。深淵。攻略グループの首領も予測している通り、恐らくあの場所は宇宙エネルギーの吹き溜まり……意志ある全ての知的生命体の深層無意識が、カオスとなって渦巻いている」

　郷田洋平は何かを考え、そして降参だとばかりに両手を上げた。

「日本語でおｋ」

　言葉を受け、ふふっと坂口なずなは優しく笑った。

「ありがとう」

「ん？　どうしたんだ？」

「ボクが正気でいられるのは……残り千回とないだろう。元々限界だったボクのココロをここまで持たせてくれたのは、キミのユーモアによるところが大きい」

「相変わらず意味の分からねー事を……」

「キミをこの場所に連れてこられる事は、非常にレアなんだ。だからボクはこの場所にキミを連れてきた時には、素直な気持ちで礼を言う事にしている」

「……？」

「ともかく、アレをごらんよ。アレがこの迷宮の最下層を牛耳《ぎゅうじ》る悪魔だ」

「なるほど……そうは簡単には通してくれないよな」

安全地帯から抜けた先、彼女達の前方一キロメートル程先には巨大な一枚岩のような物体があった。

その岩の化け物は一周が十二キロに及び、高さは六百メートル。

例えるならエアーズロックのようなシロモノである。


――けれど、それは亀のような生物だった。


ズシンと重低音とともに一枚岩の高さが上昇する。

それは亀が起き上がった事を意味していた。高さは八百メートルくらいになっただろうか。彼女達を敵であると認識した証左らしい。

「おい、どうすんだよ？　このまま安全地帯で引きこもって様子を見るか？」

「この階層の安全地帯は入場と同時に五分で消える。籠城は意味を成さない」

「……まあ、お嬢ちゃんには【物理演算法則介入】のスキルがあるからな。相手がどんなデカブツだろうが問題ねーさ。実際、あれくらいのデカさの奴なら二つ前の階層で一刀両断だっただろう？」

いいや、と坂口なずなは首を左右に振った。

「ヤツは【物理演算法則介入】そのものをブロックする。そしてヤツは当たり前のように物理演算法則に介入してくるんだ。併せてあの巨体だろう？」

「おい、それって……？」

「その通りだよ。必中の熱源レーダーとミサイルを備えた米軍の最新鋭戦闘機と、竹槍を持った女子中学生がガチンコで戦うような無茶だね」

「どうすんだよ？　でも、今まで全てを一刀両断して駆け抜けてきたお嬢ちゃんだ。策はあるんだろう？」

フルフルと坂口なずなは首を左右に振った。

「だから、攻略グループも手をこまねいている。ボクも手も足も出ない。ここまでくると……本当に全知全能の神と同義だと思う」

郷田洋平の表情が見る間に蒼ざめていく。

「おいおい、本当にどうするんだよ？」

「この迷宮は監獄のようなものなんだ」

その言葉に、苛立ちとともに郷田洋平は声を荒らげた。

「一度迷い込んだら二度と外には出られない。そんな事は知ってるよ」

巨大な亀の化け物を坂口なずなは指さした。

「そう。この迷宮は監獄のようなもの。そしてアレは最後の最後に立ちはだかる壁……そして看守。

【鑑定眼】を行使してみればいい」

「本当に洒落た名前だな……アルカトラズときたか」

「ああ、本当にボクもそう思う」

半ばヤケクソになった郷田洋平は笑い始めた。

「ハッハー！　脱出不可能の刑務所島か！　ハッハー！　こりゃあまたこれほどおあつらえ向きな名前もねーな！　デカさ的にも本当に島じゃねーか！」

乾いた笑いとともに親指を立てると、郷田洋平は坂口なずなに尋ねた。

「で、本当にどうするつもりだい？　お嬢ちゃん？　必勝とは言えないまでも、なんだかんだでイチかバチかの……死ぬか生きるかの賭け的な方法はあるんだろう？　でなければここまでのこのこやって来た意味がねえ。確率は低くても俺はお嬢ちゃんの策に乗るぜ？」

「どうするもこうするも……百パー勝てないよ？　私達の冒険はここで終了」


「………………ハァ？」


深い溜息をつきながら、坂口なずなは言った。

「キミをここに連れてくる事が出来たのは七百二十二回。そしてその七百二十二回のうちのアルカトラズとの戦歴は七百二十二戦七百二十二敗。そのうち、七百四回は一分以内にボクもキミも殺されている。残る十八回のうち、ただ逃げ回っていたのが十五回。粘った三回についても精々反撃できたのは一太刀……あるいは二太刀まで。無論、有効と思われるダメージを与えた事はただの一度もない」

「……え？」

「ちなみに、ボク単独でここにきた回数はその何十倍にもなるけどやはり相手にすらならなかった。キミの第六感による危険察知は……単独で戦うよりも少し粘れる確率が上がるからね。だからボクはここにキミを連れてきている」

「お嬢ちゃん？」

「何？」

「殺されたって……お前は何を言っているんだ？」

「言葉通りだよ」

「どういう事だ？」

ニヤリと唇を吊り上げ、坂口なずなは言った。

「さあどういう事だろうね？」

ともかく――と彼女は再度口を開いた。

「私達の冒険はここで終了。けれど……ただ殺されはしない。殺された経験は次に活かす。何度でも……何度でも……私は挑戦し続ける。そう――」

そして、坂口なずなは言葉を続けた。

「――私はダンジョンシーカーだから」

【アルカトラズ】
危険指定▼▼▼　エクストリーム
特徴▼▼▼　迷宮に捕らわれた人間の絶望を動力源とする迷宮最強の生物であり、最深部への門番。エアーズロック並の巨体を誇り、一言で言えば大怪獣である。物理演算法則介入そのものをブロックするスキルを有し、反対にアルカトラズは物理演算法則に介入可能。
それ以外にも、ステータスの全てがカウンターストップし、全ての状態異常も無効の難攻不落。脱出不可能の監獄島と呼ばれたアルカトラズ島がその名の由来。

命を懸けて、這い上がれ！

高校生の武田順平は、神の気まぐれによって異世界へと召喚される。勇者としてのチート召喚――かと思いきや、なんと村人以下のクズステータスで……。しかも、裏切り者達により生還率ゼロの地獄迷宮へ突き落とされてしまう！ 絶体絶命の状況下、起死回生の奇策を閃いた順平は、命を懸けた捨て身の迷宮踏破を試みる！ 異世界迷宮成り上がりファンタジー、待望のコミカライズ！

◉B6判 ◉定価:本体680円+税 ◉ISBN978-4-434-22911-4

Webにて好評連載中！ アルファポリス 漫画 検索 コミックス大好評発売中!!

ネットで話題沸騰！
アルファポリスWeb漫画
面白い漫画が毎週読める!!
アルファポリスCOMICS
原作：秋川滝美
漫画：しわすだ
居酒屋ぼったくり
ゲート GATE
自衛隊 彼の地にて、斯く戦えり
原作：柳内たくみ
漫画：竿尾悟
原作：サカモト666
漫画：水清十朗
ダンジョンシーカー
The Dungeon Seeker
原作：瀬戸メグル
漫画：橋本ユウシ
邪竜転生
原作 黒井へいほ
漫画 佐々木あかね
ヤンキーは異世界で精霊に愛されます。
人気連載陣
● THE NEW GATE
● 月が導く異世界道中
● のんびりVRMMO記
● 転生しちゃったよ（いや、ごめん）
● 魔拳のデイドリーマー
● 獣医さんのお仕事 in 異世界
● 平兵士は過去を夢見る
and more...
原作 椎名ほわほわ
漫画 六堂秀哉
とあるおっさんのVRMMO活動記
漫画：小早川ハルヨシ
Re:MONSTER リ・モンスター
選りすぐりのWeb漫画が無料で読み放題！
今すぐアクセス！ アルファポリス 漫画 検索
アルファポリスアプリ
スマホでも漫画が読める！
App Store/Google play
でダウンロード！

月が導く異世界道中
Tsuki ga michibiku isekai douchu
大人気小説「月が導く異世界道中」が
2017年春、
「PCブラウザゲーム」となって登場!
新たな魔人と共に紡ぐ、
もう一つの「月導」

Re:Monster
ゲームアプリ解放中《リリース》!!
60万ダウンロード突破!
※2017年2月21日時点
App Store無料ランキング（ゲームカテゴリ）2位!
※2016年2月25日時点
Google Play™ 国内アプリ新着無料ランキング3位!
※2016年2月26日時点
おかげさまで誕生1周年!
喰えば喰うほど強くなるRPG!
Re:Monster
リ・モンスター
～ゴブリン転生記～
書き下ろしマンガも公開中じゃよ
詳しくは
http://remonster.jp/
にアクセス!
【Android】Google Play
【iOS】App Store
で好評配信中!
携帯サイトはこちらから!
©Kogitsune Kanekiru ©AlphaPolis Co., Ltd.

サカモト６６６
大阪生まれ大阪育ち大阪在住。自作をネットに投稿したところ、瞬時にアクセスが数千万単位となり鼻水が出る。2015 年 7 月、アルファポリスより『ダンジョンシーカー』を刊行。

イラスト：Gia
http://noxious.sdbx.jp/

ダンジョンシーカー５

サカモト６６６

2017年 3月 31日初版発行

編　集－太田鉄平
編集長－塙綾子
発行者－梶本雄介
発行所－株式会社アルファポリス
〒150-6005東京都渋谷区恵比寿4-20-3恵比寿ｶﾞｰﾃﾞﾝﾌﾟﾚｲｽﾀﾜｰ5F
TEL 03-6277-1601（営業）03-6277-1602（編集）
URL http://www.alphapolis.co.jp/
発売元－株式会社星雲社
〒112-0005東京都文京区水道1-3-30
TEL 03-3868-3275
装丁・本文イラスト－Gia
装丁・中面デザイン－ansyyqdesign
印刷－図書印刷株式会社

価格はカバーに表示されてあります。
落丁乱丁の場合はアルファポリスまでご連絡ください。
送料は小社負担でお取り替えします。

ISBN978-4-434-23138-4 C0093